鈴芽之旅

Suzume

新海誠

Makoto Shinkai

輕文學
Light Literature

目錄

Suzume

第一天

在夢中總是會去的地方

我有一個反覆做的夢。

做夢的時候，我大概沒有發覺到那是夢。夢中的我仍是個小孩，而且還迷路了，因此基本上會感到悲傷與不安；不過夢中也瀰漫著彷彿裹在心愛的被子裡、感覺很熟悉的安心感。雖然悲傷，但也很舒適；雖然是陌生的地方，但卻彷彿很熟悉；明明是不應該待的地方，卻想要一直待在那裡。話說回來，還是個小孩子的我，內心似乎仍舊是悲傷的成分居多，拚命忍住湧起的嗚咽。乾掉的淚水變成透明的沙狀，黏在我的眼角。

天上的星星燦爛地閃爍著，彷彿因為某個人的失誤，把光量調到十倍亮度，使得星空莫名其妙地閃亮刺眼。因為太刺眼了，每一顆星星彷彿都發出高頻的聲響。在我的耳廓中，星星的聲音、乾燥的風聲、自己氣喘吁吁的聲音、以及踩在草地上的聲音都混合在一起。沒錯，我一直走在草原中。在視野的盡頭，可以看到彷彿圍繞著這個世界的山脈，山脈後方則是形同白牆的雲，雲的上方有一顆黃色的太陽。滿天的星星、白雲和太陽同時出現。我在所有時間好像都混合在一起的天空底下，繼續往前走。

當我發現屋子，就會從窗戶窺視裡面。每一棟屋子都被茂密的草葉遮蔽，窗玻璃通常都破了，撕裂的窗簾在風中發出細微的聲音搖動。屋內也長滿了雜草，餐具、電子琴和課本散落在雜草之間，顯得異常嶄新。我想要喊「媽媽」，但聲音卻像漏了氣般沙啞。

「媽媽！」

我在喉嚨施力，再次大聲喊，但聲音卻彷彿什麼事都沒發生般，被吸入布滿藤蔓的牆壁。

我不知道像這樣窺視了幾棟屋子、踩了多少雜草、喊了幾次媽媽。沒有人回應我，我也沒有遇到任何人，甚至連一隻動物都沒有看到。我呼喚媽媽的聲音，被雜草、被崩塌的房屋、被疊在一起的車子、被停在屋頂上的漁船吸入，連回音都沒有。不論我走多久，都只看到一片廢墟。淚水伴隨著無可奈何的絕望再度湧出。

「媽媽！媽媽！妳在哪裡？」

我哭哭啼啼地向前走，吐出的氣息變成白色，潮溼的氣息立刻變冷，使我的耳朵尖變得更冰。泥巴嵌在指甲縫而變得又髒又黑的指尖、還有穿著魔鬼氈鞋子的圓形腳尖也冷到疼痛，但喉嚨、心臟和眼睛深處卻有種不舒服的熱度，彷彿罹患了只屬於那個部位的特殊疾病。

不知不覺中，太陽已經沉入雲層下方，四周籠罩在透明的檸檬色當中。天上的星星依舊粗暴地閃耀著。我已經走累並且哭累了，筋疲力盡地在草叢中縮起身體。風吹拂在羽絨衣前屈的背部，逐漸奪走體溫，並吹入無力感。小小的身體彷彿被替換為泥土般變得沉重。

——不過接下來才要開始。

我忽然以從外部觀察自己的心情這麼想。

接下來才是這場夢的重頭戲。我感到身體冰冷，不安與寂寞逐漸麻痺內心。放棄的情緒擴散到全身，我心想：算了，管他會變得怎麼樣。可是——

唰、唰、唰。從遠處傳來細微的聲音。

有人從草原上走過來。原本粗硬而尖銳刺人的雜草，在那個人踩過時，卻發出宛若新綠季節般柔和的聲音。我抬起埋在雙膝之間的臉。腳步聲朝我接近。我緩緩地站起來轉身，用力眨了好幾次眼睛，像是要把模糊的視野擦乾淨。在搖曳的草叢前方，好似隔著夕陽色的薄紙般，可以看見一個人影。寬鬆的白色連身裙被風吹得鼓起來，金色的光線描繪著長髮的輪廓。在她纖細而成熟的嘴上，泛著像黎明時細細的月亮般微微彎曲的笑容。

「鈴芽。」

她呼喚我的名字。就在這個瞬間，從我的耳朵、指尖、鼻頭等接觸這個聲波的前端，有一股宛若泡在溫暖的熱水中的舒適感立即擴散到全身。先前風中夾帶的雪花，不知何時已經變成粉紅色花瓣，在四周飄舞。

對了，這個人，這個人就是——

我一直在尋找的——

「媽媽。」

當我喃喃說出口時，已經從夢中醒來了。

像風景般美麗的人

那是在夢中每次都會去的地方。

現在是早上，我在自己的房間。

我在棉被上立即理解狀況。窗邊的風鈴發出輕微的「叮鈴叮鈴」聲響。帶有海水氣味的風緩緩搖動著蕾絲窗簾。我把臉頰貼在枕頭上，心想：啊，溼溼的。混合寂寞與喜悅的麻痺感，仍舊殘留些許在指尖與腳趾尖。我裹在被單裡閉上眼睛，想要再稍微享受這股自甘墮落的甜蜜。這時——

『鈴芽！妳起床了嗎？』

樓下傳來有些焦躁的喊聲。我在心中嘆了一口氣，勉強轉身並大聲回答：「起床了！」先前明明還在這裡的夢之餘韻已經消失殆盡。

＊　＊　＊

『九州全區受到高氣壓籠罩影響，今天應該會是晴朗的好天氣！』

宮崎電視台的氣象報導中，天氣姊姊拿著魔法少女的魔法棒般色彩繽紛的棒子，圈起九州愉快地播報。

「我要開動了～」

我合掌之後，把一大坨奶油放到厚切土司上。我一邊在烤得脆脆的土司上塗奶油，一邊看著天氣姊姊。我滿喜歡她的。雪國居民般的白皙肌膚，令人猜想她或許來自北國。「咔茲。」咬下麵包，就發出誘人的聲音。真好吃。微焦的表皮內側柔軟而微甜，襯托出奶油的濃郁風味。我們家的餐桌上用的食材總是稍微有些高級。今天最高氣溫是二十八度，熱度稍有緩和，應該會是舒適的九月天。天氣姊姊的語調是完美無缺的標準口音。

「妳今天別忘了帶便當哪。」

環阿姨從廚房裡用有些責備意味（雖然或許只是我多心了）的宮崎腔（註1）這麼說。「好啦～」我的回應中加入了不會太過深刻的反省。環阿姨每天早上會替我做便當，但我有時會忘了帶去學校。我不是故意的。雖然不是故意的，不過沒有帶便當的日子，我會稍微感到有些解脫。「真是拿妳沒辦法哪。」環阿姨一邊裝便當一邊嘛起塗了紅色唇蜜的嘴唇。環阿姨的打扮照例完美無瑕，圍裙下襬露出修長的淺棕色西裝褲，蘑菇頭的短髮光澤亮麗，一雙大眼睛周圍也上了眼妝。

「還有，鈴芽，我今晚會晚一點回來。晚餐可以自己隨便吃嗎？」

「什麼？妳要去約會嗎？」

我連忙吞下塞滿嘴巴的荷包蛋。

「沒問題沒問題，妳儘管去吧！就算過了十二點也沒關係！偶爾也該去玩樂一下才行！」

「不是約會，是加班！」環阿姨否定我的期待。

「我們要準備漁業體驗活動。期限快要到了，所以有很多事情不處理不行。來，便當給妳。」

她遞給我L號尺寸的便當盒。今天的便當也很沉重。

天空就如天氣姊姊說的萬里無雲，有幾隻老鷹在高空得意地飛舞。我騎著腳踏車，順著沿海的斜坡往下騎。制服的裙子彷彿在深呼吸般，被風吹得鼓起來。天空和大海都藍到令人難以置信，堤防的綠色則顯得非常鮮嫩，觸及海平線的雲朵彷彿剛出生般雪白。我忽然想到，在這種地方穿著制服騎腳踏車上學的我，應該很適合拍照上傳社群網站吧。我腦中浮現這樣的照片：背景是在朝陽下閃耀的古老港口城鎮，前景斜坡上有個穿制服的身影在騎腳踏車；被海風吹拂的馬尾綁在偏高的位置，粉紅色腳踏車搭配以藍色為背景的少女纖瘦（應該吧）剪影——真是太完美了，一定會得到很多讚吧……

「喀！」此時我心中某個角落忽然變得僵硬。有一部分的內心冷冷地對自己說：哼～看著大海竟然能產生這種念頭，妳還滿天真的嘛。

我輕聲嘆了一口氣，把視線從感覺突然失去色彩的蔚藍海面移開，望向前方。

「咦！」

前面有個人正在走上斜坡。在郊外的這一帶很少看到行人，因此我感到有些驚訝。大人百分之百都是開車，小孩子由大人開車接送，我們這些國高中生則是騎腳踏車或輕型機車。

註1：宮崎腔是九州宮崎縣的方言。書中環阿姨講話帶有宮崎腔，但鈴芽則沒有。

——應該是個男人吧。他長得很高，長髮和白色長襯衫隨風搖曳。我輕輕握住手剎車，稍微減慢腳踏車的速度。那名陌生青年逐漸接近——會不會是旅客？他背著像是登山用的背包，穿著曬到發白的牛仔褲，跨著大步前進。微捲的長髮遮住眺望大海的側臉。我稍微加強握住手剎車的力道。這時海風突然變得強勁，青年的頭髮被風吹起來，露出眼睛的部位。我屏住氣息。

「好漂亮。」

我不禁脫口而出。這名青年的肌膚彷彿與夏季絕緣般白皙，臉部輪廓銳利而優雅，長睫毛在瘦削的臉頰上投射柔和的陰影。左眼下方有一顆小小的痣，位置完美無缺，彷彿命中注定應該在這裡。像這樣的細節不知為何以近在咫尺般的解析度映入我的眼裡。距離不斷縮短。我低下頭。腳踏車的車輪聲音和青年的腳步聲重疊在一起。我的心跳加快。我們在五十公分的距離擦肩而過。我以前、我們以前——我的內心在說話。所有的聲音都變得緩慢。我們以前是不是曾經在哪裡——

「請問一下。」

聲音柔和而低沉。我停下腳踏車回頭。在這一秒之間，風景顯得格外耀眼。青年站在我眼前，直視我的眼睛。

「這附近有沒有廢墟？」

「ㄈㄟˋㄒㄩ？」

意想不到的問題讓我一時想不起漢字。ㄈㄟˋㄒㄩ？

「我在找門。」

門？是指廢墟裡的門嗎？我用不太有自信的聲音說：

「……如果是指沒人住的聚落，應該在那邊的山裡……」

青年露出笑容。他的笑容很美。該怎麼形容呢？就好像把周圍的空氣都染成溫柔的氣氛。

「謝謝妳。」

青年說完轉身背對我，朝著我指的那座山快步走過去。他的態度很果斷，完全沒有回頭。

「……啊？」

我不禁發出愚蠢的聲音。高空傳來老鷹尖銳的鳴叫聲。呃……這樣會不會太乾脆了一點？

＊＊＊

警鈴在我頭上「鏗鏗鏗」地響。我在等平交道時心跳仍舊有點快。那個人究竟是何方神聖？我望著輪流亮起又熄滅的紅燈心想，實際見到藝人或模特兒之類的，大概就像那樣吧——美到有些非日常的感覺，在目擊之後也會持續興奮好一陣子……不對，大概完全不一樣。如果要比喻的話，那個人就好像——

路燈照亮的雪景。只有頂端沐浴在朝陽中的山峰。在伸手構不到的高處被風吹散的白雲。與其說是帥哥，他更像那些風景般美麗。而且我覺得，很久以前好像看過那樣的風景。對了，就像我夢境中的草原那種奇妙的懷念感覺——

「鈴芽！」

有人從背後拍我的肩膀。

「早安！」

「啊，小絢，早安。」

黑色短髮的小絢氣喘吁吁地來到我旁邊，似乎是跑來的。兩節車廂編制的短列車經過我們面前，颳起一陣風，搖晃柵欄和裙子。這時我才注意到，周圍有許多上學途中的學生在聊天。大家愉快地聊著「有沒有看昨天的直播？」或是「我今天睡眠不足，好慘」之類的。

「咦？鈴芽，妳的臉是不是紅紅的？」

「什麼？真的？紅紅的？」

我不禁把雙手貼在臉頰上。臉頰是熱的。

「真的好紅。怎麼了？」

懷疑的一雙眼隔著眼鏡盯著我的臉。我正猶豫著該怎麼回答，警鈴就好像宣告結束般唐突地停下來，柵欄也緩緩升起。停在平交道前的大家都同時往前走。

「怎麼了？」

小絢回頭看獨自站在原地的我，這回用有些擔心的口吻問。我心中想著那個像風景的人，還有那股既視感——我抬起腳踏車的前輪。

「抱歉，我想到有東西忘了帶！」

我變換方向，跨上腳踏車，朝著回去的方向踩下踏板。「什麼？等等，鈴芽，妳會遲到喔！」背後的聲音越來越遠。朝陽的壓力使我汗流浹背，不過我仍以立姿騎腳踏車往山的方向前進。路上經過的小卡車司機狐疑地盯著身穿制服、卻朝著和高中反方向急馳的我。我離開縣道的柏油路，進入以老舊水泥固定的山路。海浪的聲音突然被蟬聲取代。我把腳踏車停在雜草中，跨過「禁止進入」的路障，快步爬上幾乎像野獸路徑的幽暗窄路。

……咦，第一節課已經來不及了——我爬上山頂，來到可以俯瞰下方溫泉鄉的地方，氣喘吁吁時才總算想到這一點。

空氣中隱約瀰漫著硫磺的氣味。從昭和末期到平成初期，這一帶據說是大型度假設施。在景氣好、人又多、跟現在完全不同的那個時代，有來自日本各地的家庭、情侶或朋友等，特地到這種深山來泡溫泉、打保齡球、餵馬吃紅蘿蔔、或是玩「太空侵略者」遊戲（雖然我不知道那是什麼）。我感到有些不可思議。不過在雜草埋沒的聚落，仍零星殘留著可以想見當年熱鬧景象的痕跡：生鏽的自動販賣機、破掉的紅燈籠、曬到變色的溫泉水管、遍布藤蔓的招牌、堆積如山的空罐、外觀異常新的一斗罐（註2）、彷彿某種植物般在空中糾纏成漩渦狀的大量電線——不用說我住的聚落，就連高中所在的市中心，東西都沒有這座廢墟這麼多。

「呃，抱歉，有人在嗎？」

即使東西很多，卻看不到人影。溫泉後來枯竭了，錢與人潮也隨之枯竭。夏日陽光雖然把廢墟照射得像遊樂設施般活潑亮麗，不過還是難免有些恐怖。我走在因為長出雜草而裂開的石板地面，以超出必要的聲量喊：

「那位帥哥～你在這裡嗎？」

沒辦法，除此之外我不知道該怎麼稱呼他。我渡過小小的石橋，前往廢棄飯店。聽說這裡過去原本是這座度假村的中心設施。飯店是一座圓形水泥建築，比起周圍的破屋大許多，因此格外醒目。

「打擾了……」

我踏入寬敞的飯店大廳。散落著瓦礫的地板上擺了好幾張沙發，窗邊垂掛著破碎的巨大窗簾。

「你好～有人在嗎？」

註2：一斗罐是容量一斗（約十八公升）的方形金屬罐。

我環顧四周，走在昏暗的走廊上。天氣明明很熱，可是我從剛剛就感到背上寒毛直豎。也許我太小看廢墟了。我用更大的聲音喊：

「那個～我覺得～我好像在哪裡看過你！」

說出來我才想到，好像怪怪的。這簡直就像是搭訕時的經典台詞。

……回去吧。我突然覺得很蠢。此刻我才感到不好意思。就算見到那個青年，我打算做什麼？假設處在相反的立場，我只是問個路，對方就一直跟蹤我，那未免有點……不，是非常恐怖。說真的，我也開始覺得這個地方真的很恐怖了。

「我要回去了！」

我刻意開朗地大聲說完，轉身要走。這時我從眼角瞥見某樣東西，因而停下腳步。

「……門？」

我從走廊到外面，就看到飯店的中庭。在天花板已經完全崩落、只剩下鋼筋的圓頂下方，有一塊幾乎可以進行一百公尺賽跑的廣闊圓形空間，地面上積了很淺的透明水窪。在水窪的中央，矗立著一扇白色的門。在散落的磚塊及遮陽傘殘骸之間，只有這扇門彷彿得到某人的特別許可，或是被禁止崩塌一般，孤獨而醒目地矗立在那裡。

「對了，那個人有提到門……」

我像是在找藉口般說出口，然後走向那扇門。當我要走下通往中庭的矮石梯時，停下了腳步。不知是雨水或是從某處仍舊有水流入，鋪磁磚的地板上積的水有十五公分左右深。弄溼皮鞋沒關係嗎——我腦中剛浮現這個問題，下一個瞬間已經走在水中了。水進入鞋子裡的觸感讓我頓時感到懷念，水溫出乎意料地冰冷也讓我感到驚訝，不過當我繼續走向前方，就把這一切都拋到腦後。

不知為何，我的視線無法移開矗立在眼前的那扇白色的門。那是扇很舊的木門，上面攀附著藤蔓，處處有油漆剝落，露出棕色的木紋。我發覺到這扇門微微打開著，約一公分的這道縫隙異常黑暗。為什麼？天氣這麼晴朗，為什麼這道縫隙這麼暗？我感到相當在意，無法視而不見。細微的風聲吹入我的耳廓。我把手伸向黃銅色的圓形門把，用指尖輕輕觸摸。雖然只是輕輕碰到，門卻發出「唧」的聲音打開了。

「唔……」

我發出不成聲的驚嘆。

門內是夜晚。

滿天的星星以令人難以置信的亮度閃閃發光，地面是一望無際的草原，風在草原上呼嘯。懷疑自己腦筋變得不正常的恐懼、懷疑自己在做夢的混亂、以及「妳早就知道了吧」的念頭，像濁流般形成漩渦。我從水中抬起左腳，想要踏到草原上。皮鞋鞋底踩在草上的觸感浮現在我腦中——然而鞋子卻「啪」一聲再度踩入水裡。

「咦？」

這裡是白天的中庭，不是星空下的草原。

「什麼？」

我連忙環顧四周。這裡依舊是飯店的廢墟。我回頭看門。門內呈現著夜晚的空間，宛若只有那裡從夏季被切開一般。

「為什麼……」

我想要思考，但身體卻開始奔跑。門越來越近，星空越來越近。我穿過門——但仍舊置身於廢墟。我連忙回頭，再次衝進門內的星空底下——然而這裡還是廢墟。我無法進入草原。我不被允許進入。我往後退，鞋子踢到堅硬的東西，發出類似敲鐘的「鏗～」的聲音。我驚訝地低頭看下方。那是……地藏菩薩？小小的石像從水面探出頭。這尊石像長了一對像稻荷神社狐狸雕像的大耳朵，倒三角形的臉上刻了瞇成一條線的眼睛。我注視著這座雕像。我無法不注視它。在我耳邊騷動的風聲，就好像在對我說話一般。我的雙手接觸石像。我把石像拿起來，感覺到它好像被連根拔起，水中「咕嚕」地冒出很大的泡泡。我低頭檢視拿在手中的石像，發現它的底部像短枴杖般尖尖的。難道這座石像原本插在地上？

「好冰……」

它的表面結了冰，薄薄的冰膜彷彿被我的體溫驅逐般不斷融化，形成水滴往下滴落。為什麼在夏天的廢墟裡面會結冰？我回頭看門。門內確實存在著星空底下的草原。至少在我眼中是確實存在的。

噗通！

我突然感受到石像的溫度，低頭一看，發現自己的雙手抓著全身長了毛的柔軟生物。

「哇啊！」

雞皮疙瘩從雙手擴散到全身。我立刻把「那東西」丟出去，在稍遠的地方濺起水柱。接著那東西濺起激烈的水花，在水中快速奔跑，以小型四足動物般的動作跑向中庭邊緣。

「什麼～」

那、那原本是石像吧？

「哇啊啊啊……好可怕！」

我不禁卯足全力奔跑。這不是真的吧這是在做夢吧還是說這種事其實很常發生呢大家一定都有經歷過只是沒說出來吧嗯沒錯一定是這樣沒錯！我必須盡快到教室裡，跟大家分享這個故事然後哈哈大笑才行。我懷著這樣的念頭，沿著來時的路不停奔跑。

只有我們看得到的東西

午休時間的鐘聲響起。「喂，岩戶，妳現在才來呀？」「咦？鈴芽，妳的臉色好差，怎麼了？」有幾個人問我，但我只是回以含糊的笑容，走入自己的教室。

「……妳總算來了。」

小絢坐在窗邊的位子，一邊吃便當一邊以驚嘆的表情說。

「鈴芽，妳這是董事長的上班時間吧？」

一旁的麻美笑了笑，把煎蛋放入嘴裡。

「呃……對呀。」

我擠出笑臉，面對兩人坐下。中午的喧囂聲、窗外黑尾鷗的叫聲，此時才總算傳入我的耳中。我半自動地從背包拿出便當盒，打開盒蓋。

「哇，阿姨便當出現了！」

兩人興致盎然地喊。飯糰用海苔、櫻花魚鬆粉做成卡通造型的麻雀臉孔，雞蛋絲做成爆炸頭，豌豆是鼻子，香腸是粉紅的臉頰。煎蛋、小香腸和炸蝦也都有小小的眼睛和嘴巴。「今天的便當也好有愛唷！」「阿姨做這個便當要花多久的時間？」我姑且發出「嘿嘿」的笑聲，抬起頭看兩人。我笑得不是很自然。

「那個……妳們知道上之浦那邊有座廢墟吧？就是以前的溫泉街。」

我試著問兩人。

「有嗎？小絢，妳知道嗎？」

「嗯，好像有。聽說是泡沫時代的度假設施，在那邊的山裡。」

我們一起抬頭看小絢指的方向。被曬得褪色的窗簾隨風搖曳，在那外面，可以看到午後安詳的港口城鎮。岬角包圍著小小的海灣，上面是低矮的山。那裡就是我先前所在的地方。

「那裡怎麼了？」

「那裡有門……」我剛說出口就發現，原本那麼想要說出來跟大家一起笑的心情已經完全萎縮。那不是夢，但也不是能夠和朋友分享的經驗。那是更私人的——

「還是算了。」

「什麼嘛！把話說完！」

兩人異口同聲地說。因為聽起來很好笑，我自然而然笑出來。在此同時，我忽然發現，在兩人的臉後方，那座山冒著細細的煙。

「那裡是不是失火了？」

「什麼？哪裡？」

「妳們看，就在那座山那裡。」

「哪裡呀？」

「看！那裡在冒煙！」

「什麼？到底在哪裡？」

「……咦？」

我指著遠方的指尖失去力量。

「妳有看到嗎？」「沒看到。是不是哪裡在燒田？」我看著兩人皺起眉頭交談，然後又再度望向山的方向。紅黑色的煙從山腰裊裊上升。那道煙以藍天為背景，看起來明明這麼清楚。

「哇！」

裙子口袋裡的手機突然發出聲音。同樣的聲音在周圍同時響起。以大音量反覆、感覺很嚇人的不和諧音，是地震警報的通知音效。教室內掀起輕微的尖叫聲。

「地震！」「真的嗎？有在搖嗎？」

我也連忙檢視手機。緊急地震警報的畫面上有「請保護頭部，提防搖晃」的文字。

我環顧四周。掛在天花板上的日光燈緩緩地開始搖晃，講桌上的粉筆也掉下來。

「哇，有點搖！」「在搖了！」「這是不是有點危險？」

大家都停止動作並屏氣，想要判斷搖晃的程度。日光燈搖擺的幅度越來越大，窗框微微發出擠壓聲，地板也有些搖晃。不過這些現象似乎都逐漸平息，地震警報的通知音效也開始停下來，不久之後所有手機都變安靜了。

「……停了？」

「停了停了。沒什麼大不了的嘛！」

「害我嚇一跳。」

「最近地震好像有點多。」「我已經習慣了。」「防災意識太低了。」「手機通知真的太誇張了。」

大家鬆了一口氣，教室裡的氣氛也和緩下來，但我卻距離這樣的氣氛很遙遠。從剛剛開始，我的背上就不斷滲出大量汗珠。「喂。」我試著呼喚兩人，不過聲音很沙啞。

「嗯？」

小絢和麻美看著我。我腦中雖然理解，大概跟剛剛又是一樣的情況，不過還是無法不告訴兩人：「妳們看那裡——」

山的表面彷彿長出巨大的尾巴。先前看起來像煙的東西，此刻變得更粗更高，看起來像半透明的大蛇，也像是綁在一起扭轉的破布，或是被龍捲風捲起來的紅色水流。那東西緩緩地盤旋並升到空中。那絕對不是好東西——全身豎起的寒毛如此吶喊。

「鈴芽，妳從剛剛就在說什麼？」

麻美把上半身探出窗戶眺望那座山，詫異地問我。小絢也以擔心的口吻問：

「妳今天不要緊嗎？是不是身體不太舒服？」

「……妳們沒看見嗎？」

我低聲向她們確認。兩人以不安的表情注視我的臉。她們看不見，只有我看得見。

大顆的汗水滑下我的臉頰，留下不舒服的觸感。

「等等，鈴芽！」

我沒時間回應就衝出教室，幾乎是用滾的下樓梯，奔出校舍把鑰匙插入腳踏車，全力猛踩踏板。我朝著山的方向騎上沿海的斜坡。在視線前方的山上，仍舊可以清晰看到紅黑色的尾巴升起，宛如在空中畫了一條粗線。野鳥和烏鴉聚集在那條尾巴的周圍嘎嘎叫，然而和我擦身而過的汽車駕駛、或是在堤防釣魚的人，都沒有抬頭看天空。小鎮和居民都處在跟平常一樣悠閒的夏日午後。

「為什麼沒有人看見……那到底是什麼？」

我必須去確認才行。因為那是……那或許是……我跳下腳踏車，再度跑上剛剛的山路。我邊跑邊仰望天空。那條尾巴此刻變得像是在空中流動的大河，從帶有黏性的濁流般的粗壯本體，有好幾道像支流的線條往周圍延伸。它的內部不時閃爍著類似熔岩流的紅光。不知是什麼引起的低沉聲響與震動，持續出現在我的腳下。

「不會吧——」

我邊說邊跑進溫泉街的廢墟。因為一直在奔跑，我感覺肺部彷彿在燃燒，但雙腳卻好像被外力牽引般跑得越來越快。我渡過石橋，穿過飯店的大廳，跑在通往中庭的走廊上。

「不會吧，不會吧，不會吧……」

這時我忽然發覺到四周瀰漫著奇妙的味道。那是異常甜膩、焦臭、摻雜著海水的氣味，感覺好像很久以前在哪裡聞過。前方的窗戶越來越近。視野變得開闊，眼前就是中庭。

「啊！」

果然沒錯──雖然不知道理由，我卻這麼想。是那扇門。「那東西」是從我打開的那扇門跑出來的。紅黑色的濁流彷彿因為出口太小而爆發不滿，扭動著身體從門內噴出來。

我奔過走廊，總算到達中庭。吐出濁流的白門就矗立在距離約五十公尺的正前方。

「咦？」

我瞪大眼睛。在蜿蜒的濁流旁邊，有人正在推門，想要把門關起來。長長的頭髮、高大的身軀、以及彷彿剪下天空般美麗的臉部輪廓──

「是那個人！」

今天早上遇見的青年正拚命地想要關門。他強壯的雙臂逐漸把門推回去。濁流噴出的量逐漸變細，被堵在門口。

「妳在做什麼？」

「啊？」

他發現到我的身影，對我怒吼。

「快離開這裡！」

在這個瞬間，濁流宛若爆發般增加氣勢。門被完全彈開，把他的身體撞飛。他撞到磚牆上，和撞碎的碎片一起落入水中。

「哇！」

我連忙跳下石梯，越過積了淺水的中庭跑向他。他的背部浸在水中，無力地倒在地上。

「你不要緊嗎？」

我蹲下來把臉湊近他。他發出「唔」的呻吟聲，想要自己抬起上半身。我把手伸向他的肩膀想要扶起他，這時才發現異狀。

「咦……」

水面在發光──我剛這麼想，就有類似發光的金色線條的東西無聲地從水面浮起，彷彿被看不見的手指捏起來，一直延伸到空中。

「這是──」

青年低聲地說。中庭的水面到處都有金色線條升到天空。我抬起頭，看到從門內噴出的濁流分成好幾道，朝四面八方覆蓋天空，就好像從門長出一條植物的莖，在莖的頂端開了一朵巨大的紅褐色花朵。金色線條看起來就像逆向澆在花上的水。接著那朵花緩緩地開始倒下。

「糟糕……」

我聽到青年彷彿從絕望擠出來的聲音，不禁開始想像。我可以想像到，在午後慵懶氣氛的教室窗外，那朵巨大的花緩緩倒向地面，但是沒有人看到這幅異常景象，也沒有聞到怪味，更沒有發現到從世界的反面逼近的變異。漁船上的漁民、釣魚的老人、或是走在街上的小孩都沒有發覺，那朵花正以加速度接近地表。伴隨著積存在內側的龐大重量，花朵終於衝撞到地面——

裙子口袋裡的手機大聲響起，而幾乎在同一時間，腳下產生劇烈的搖晃。我發出尖叫。

『發生地震，發生地震，發生地震——』

在地震警報無生命的合成人聲、劇烈的搖晃、以及廢墟受到擠壓的聲音當中，我一邊大叫一邊摀住耳朵蹲在原地。這場地震非常大，甚至令人無法保持直立。

「危險！」

青年撲過來把我推倒。我的臉有一半浸在水裡。接著我立刻聽到沉重的撞擊聲，眼前的水面染成紅色。這是血？從我上方傳來青年壓抑的呻吟聲。他隨即起身，瞥了我一眼，大喊「快離開這裡」，然後跑向那扇門。我看到圓頂的鋼筋處處塌落，掉在水裡濺起水花。

「唔哦哦——」青年發出吼聲，用整個身體撞向門。他推著門，想要把濁流推回去。我呆呆地看著他的背影。這時我發現青年的襯衫左袖染成紅色。他似乎難以承受疼痛，用右手按著傷口，變成只用右肩壓著門的姿勢。然而濁流的氣勢把他連門一起推回去。

他受傷了。他是為了保護我不被鋼筋砸到——

我總算發覺到這一點。警報依舊喊著「發生地震」，地面持續劇烈搖晃。我的右手從剛剛就緊握著制服的緞帶，指尖已經失去感覺。青年的左臂無力地垂在身旁，但他仍舊拚命地用背部推著門。我忽然感到想哭。我毫無理由地想到，這個人在沒人知道、沒人看到的情況下，正在做必須要有人去完成的重要工作。我腦中有東西開始活動。他的模樣改變了我內心的某個部分。地震仍舊持續著。我試著張開僵硬的右手，準備放掉手中握住的東西。

我踩著水跑過去。

他的背影離我越來越近。我邊跑邊把雙手往前伸，以這個姿勢全力撞向門。

「妳——」青年用驚訝的眼神看著我。「為什麼？」

「這扇門必須關起來吧？」

我大聲喊，在他旁邊一起推門。不祥到極點的觸感隔著薄薄的門板傳來。我卯足力氣，想要推走那不舒服的感覺。我從手掌感覺到青年也加強力道。門發出「嘎嘎」的聲音逐漸關上。

——歌？我忽然發覺到，青年邊推門邊低聲不知在念什麼。我不禁抬頭看他。他閉著眼睛，專注地念著類似在神社聽到的頌詞、也像是古老歌調般的奇妙語言。不久之後，在這個聲音之外，我開始聽見其他聲音。

「咦……什麼聲音？」

我聽到的是人的聲音——小孩子興奮的笑聲，以及好幾名大人說話的聲音。『爸爸，快點過來這裡！』『好久沒來溫泉了。』聽起來很愉快的家人對話彷彿直接鑽入我腦中，在我的內側響起。

『我去叫阿公！』

『媽媽，再去泡一次澡啦～』

『唉呀，爸爸還要喝嗎？』

『明年也要全家一起來旅行！』

遙遠的聲音帶給我褪色影像般的東西。熱鬧的街道，眾多充滿活力的年輕人，率直地相信美好未來的那個時代，在我出生前這個地方的景象——

砰！門發出很大的聲音，總算關上了。

「關起來了！」

我不禁大喊。青年立即把看似鑰匙的東西插到門上。我看到在原本一無所有的門板上，好像有一瞬間浮現出鑰匙孔。

「奉還——！」

青年邊喊邊轉動鑰匙。這時濁流發出巨大的泡沫破裂聲散開，彷彿突然天亮的感覺令我暈眩。閃耀著彩虹光芒的雨點劇烈地打在水面上，然後轉眼間就被風吹得無影無蹤。

遙遠的聲音不知何時已經消失了。

天空恢復穿透般的蔚藍，地震已經停了。

門默默地矗立在原地，彷彿先前什麼事都沒發生。

這就是我第一次的「關門」。

＊＊＊

因為太用力推門，我要鬆開手時必須用到有如撕扯下來般的力道，雙腳也失去力量。淺水的水面已經變得平靜，周圍處處是鳥啼聲。青年在距離我約兩步的地方，注視著關上的門。

「那、那個……剛剛是怎麼回事？」

「明明被要石封起來了……」

「咦？」

青年總算把視線從門上移開，直視著我。

「……妳為什麼會到這裡？為什麼看得見蚯蚓？要石跑到哪去了？」

「呃，那個……」

他的口氣很強烈。我支支吾吾地問：

「蚯蚓？還有，你說的要石是……石頭？咦？」

他的眼神好像在瞪我。為什麼我要受到責難？為什麼？

「你到底在說什麼啦！」

我突然感到生氣，用挑釁的口吻問他。青年有一瞬間驚訝地眨了眨眼，接著無言地嘆了一口氣。他隨性地撥起遮住一隻眼睛的長髮，動作就像小小的奇蹟般帥氣，讓我更加感到生氣。他已經沒有看我，再度注視著門。

「……這個地方變成後門了。蚯蚓會從後門出來。」

他又說出莫名其妙的詞，然後開始走向出口。

「我很感謝妳助我一臂之力，不過妳要忘記在這裡看到的東西，趕快回家。」

青年大步離開。這時我注意到他的左臂被血染成紅黑色。

「啊……」那是為了救我而受的傷。「等一下！」我高聲喊。

＊＊＊

中午的這個時間，環阿姨一定不在家。我基於這樣的確信，打開家門的鎖。

「請你先上二樓。我要去拿急救箱。」

我對仍舊站在玄關的青年這麼說，然後走到客廳。

「不用了，我很感謝妳的好意，可是我已經——」

「你既然那麼討厭去醫院，至少要做急救處理才行！」

我很果斷地告訴從剛剛就頑強排斥治療的青年。說什麼討厭看醫生，簡直就像小孩子在鬧脾氣。熟悉的家裡玄關，因為有他站在這裡，突然看起來顯得很小。我聽到他在我背後無奈地爬上樓梯的腳步聲。

報導用的直升機難得飛到小鎮上空，可見剛剛那場地震有多大。從廢墟回家的途中，處處可以看到石牆崩塌、屋頂的瓦片掉下來。平常靜謐的聚落，今天卻像舉辦祭典般，街上到處都是人。有人在整理倒下的東西，也有人在聊天說「幸好沒事」。

家裡的客廳也變得很凌亂。原本擺在書櫃上的書散落一地，牆上的銅版畫掉下來，觀葉植物的白蠟樹盆栽也連盆倒下，泥土灑在地板上。占據一面牆壁的環阿姨回憶照片區，也有幾個相框從牆上掉下來。我瞥了一眼小學入學典禮上、感覺好像快哭出來的自己的照片（一旁年輕十歲的環阿姨則面帶笑容），打開收納櫃搜尋急救箱。

我原本預期自己的房間應該也變得很亂，沒想到卻異常整齊，大概是我在樓下尋找急救箱時，那名青年幫我整理的。他坐在整理好的房間中央睡著了，看樣子應該很累。仔細一看，他坐在原本放在房間角落的我的兒童椅上。那是塗了黃色油漆、很舊的木製小椅子。不論是整理好的房間或是幼稚的椅子，都讓我有種被看到隱私部分的尷尬，於是我大聲說「你得先清洗傷口才行」，把青年叫醒。

『不久前在十三點二十分左右，以宮崎縣南部為震央，發生最大震度六弱的地震。這場地震沒有引起海嘯的危險。目前並沒有得到有人受傷等傷亡情報。』

聽到這裡，青年點了手機畫面，關掉新聞。他的裂傷似乎沒有流血給人的印象那麼嚴重，不過為了保險起見，我還是仔細地用清水洗過之後，貼上消毒貼布。我跪在坐在椅子上的青年旁邊，抓著他的左手開始纏繃帶。他的手臂粗壯而結實，長袖襯衫的胸口上，掛著先前鎖上門的那支神奇鑰匙。那是一支枯草色的金屬製鑰匙，上面有細緻的裝飾。微風從敞開的窗戶吹入，使窗邊的風鈴輕輕發出聲音。

「妳好像很熟練。」

他看著我包繃帶的手這麼說。

「因為我媽以前是護士——先不說這個，我有很多事情想要問你！」

「我想也是。」他形狀姣好的嘴唇上泛起微笑。
「呃……你剛剛提到蚯蚓吧？那是什麼？」
「蚯蚓是在日本列島底下蠢動的巨大力量。它沒有目的也沒有意志，當扭曲狀態累積到一定程度就會爆發出來，胡亂地暴動並搖晃土地。」
「啊……？」我完全無法理解，不過更重要的是：「我們打倒它了吧？」我問他。
「只是暫時封起來。必須用要石封印，否則蚯蚓就會從別的地方再度出現。」
「什麼……你的意思是，還會發生地震嗎？你剛剛也提到要石吧？那是——」
「別擔心。」他溫柔地打斷我的話，說：「我的工作就是要預防那種事發生。」
「工作？」
繃帶纏好了。我貼上透氣膠帶完成包紮，但心中的疑問卻更多了。
「喂。」我用強硬的聲音問，「你到底是——」
「謝謝妳。抱歉替妳添麻煩了。」
青年溫和地說完，坐正之後直視我的眼睛，深深低下頭。
「我的名字是草太。宗像草太。」
「啊？呃，我叫岩戶鈴芽。」

我聽到他突然報上名字嚇了一跳，結結巴巴地回報自己的名字。「鈴芽（註3）。」

草太在嘴裡輕聲重複一次之後，自然而然泛起微笑。這時——

「喵～」

「哇！」

我突然聽到貓叫聲，抬起頭看到窗邊有個小小的剪影。坐在凸窗扶手上的是一隻小貓。

「這隻貓怎麼搞的？好瘦。」

手掌大小的小小身軀骨瘦如柴，只有黃色的眼睛瞪得很大。雪白的毛色當中，只有左眼周圍有一圈黑色的毛，看起來好像那隻眼睛被揍之後出現瘀青。小貓的耳朵無力地垂下來，一張臉很討人同情。

「等一下！」

我對小貓和草太說完，急忙跑到廚房，找到小魚乾放在小碟子裡，和水一起放在窗邊。小貓聞了聞氣味，慎重地舔了一下，然後開始狼吞虎嚥。

註3：鈴芽這個名字與日文「麻雀」同音。

「你肚子很餓吧……」

我看著牠露出肋骨的身體這麼說。我沒有在這一帶看過這隻貓。

「你是不是遇到地震逃過來的？不要緊嗎？會不會害怕？」

白貓抬起頭，看著我的臉回答：

「喵～」

「好可愛！」

真是太乖巧了！一旁的草太也露出笑容。

「你要不要當我們家的小孩？」我不禁問小貓。

「嗯。」

「咦？」

我聽到回答。小貓彈珠般的黃眼珠凝視著我。原本像枯木般瘦削的身體，不知何時已經變得像麻糬一樣圓滾滾的，耳朵也豎了起來。叮鈴——風鈴似乎想到要發出聲音。白毛覆蓋的小嘴巴張開。

「鈴芽，好溫柔，我喜歡。」

結結巴巴的聲音聽起來像幼小的孩童。貓在說話。黃色的眼睛裡具有人類的意志，這雙眼睛從我轉向草太，突然瞇起來。

「你很礙事。」

砰！我聽到有東西倒下的聲音，反射性地轉頭，看到草太原本坐著的椅子倒了下來。只有椅子倒在地上。

「咦？怎麼搞的？」

我環顧房間。

「草太！你在哪裡？」

他不在這裡。剛剛還在房間裡的草太已經消失蹤影。白貓仍舊待在窗邊沒有動。我看到牠的嘴上似乎泛起冷笑，不禁毛骨悚然——這時我又聽見腳邊傳來「喀噠」的聲音。倒在地上的椅子，好像有哪裡不太對勁。喀噠。

「嗯？」

這張木製兒童椅原本就少了左前腳，只有三支腳。其中一支腳像是被甩動般動了一下，原本椅腳朝天的椅子隨著反作用力變成橫倒的姿勢，接著又用兩支腳踢了地板立起。

「什麼……？」

椅子用三支腳發出「喀噠喀噠」聲拚命取得平衡，一雙眼睛注視著我——沒錯，這張椅子的椅背上刻了兩個代表眼睛的凹洞。塗了黃色油漆的三腳兒童椅接著又低頭檢視自己，像是在確認自己的身體。

「這是怎麼回事……」

椅子發出聲音。是那個柔和而低沉的聲音。

「什、什麼？」我忍不住大叫。「草、草太？」

「鈴芽……我……？」

這時椅子突然失去平衡往前倒，不過立刻又踢了前腳抬起身體，然後因為起身時的勁道不停旋轉。椅子拚命地動著三支腳，像是在跳踢踏舞的「喀噠喀噠」聲迴盪在房間裡。最後椅子總算停下來，瞪著窗邊的貓。

「是你做的嗎？」

椅子——草太怒氣沖沖地喊。小貓從窗邊輕盈地跳到屋外。

「等等！」

椅子跑上前，以櫃子為踏板爬到窗邊，然後直接跑出窗戶。

「等、等一下！這裡是二樓耶！」

「哇！」我聽到草太的叫聲，連忙從窗戶探出上半身。椅子從屋頂斜面往下滑，掉在院子裡晾的衣物之間消失蹤影，接著又立刻掀起被單衝出來，追著已經穿過院子跑到路上的白貓，衝到狹窄的馬路上。經過的汽車駕駛驚訝地按喇叭。

「不會吧？」

我得追上去！我剛產生這個念頭，立刻轉念一想：我沒搞錯吧？今天經歷的恐懼、戰慄、混亂頓時湧上心頭。蚯蚓和地震？會說話的貓和會跑的椅子？那些都跟我無關，而且最好不要扯上關係。那裡不是屬於我的世界——我雖然不知道「那裡」是哪裡，不過仍舊這麼想。我腦中浮現環阿姨、小絢、麻美、還有其他朋友的臉孔……可是，那東西只有我們看得到。

我撿起草太掉在地上的鑰匙跑出去。我大概只猶豫了一秒鐘，在衝下階梯時甚至已經忘了自己曾經猶豫過。

「鈴芽？怎麼了？」

「環阿姨！」

我正要出門，剛好遇到環阿姨回來。

「抱歉，我要出去一下！」我正要跑走，就被她抓住手臂。「等等，妳要去哪裡？我是因為擔心妳才特地趕回來哪！」

「啊？」

「剛剛不是發生地震嗎？我打電話給妳，妳卻一直沒接——」

「啊，抱歉，我沒有注意到！我沒事！」

再拖下去就會追丟他們。我用力甩開環阿姨的手，衝到馬路上。「喂！等一下，給我站住！」環阿姨的叫聲離我越來越遠。

我朝著貓和草太跑過去的方向下了斜坡，總算看到他們的身影出現在前方。草太的腳不太靈活，幾乎是用滾的奔下斜坡。更前面有國中男女生正在爬上坡。椅子朝著前方跌落，「刷刷刷——」地滑下斜坡，在那些國中生前方停下來。

「哇！」「這是什麼？」「椅子？」

草太在驚訝的國中生們面前站起來，但或許是因為無法取得平衡，只能在他們周圍繞來繞去。

「哇啊！」被莫名其妙的物體糾纏的國中生們，發出恐怖的叫聲。不久之後草太似乎總算能夠抓準方向，離開他們再度奔下斜坡。

「抱歉～」

我衝向拿著手機猛拍椅子背影的國中生，撥開他們繼續追椅子。背後傳來連續的快門聲。嗚哇，連我都被拍下來了。他們該不會上傳到網路上吧？在草太前方可以看到小貓的身影，更前方是港口。

宛若便利商店前的不良少年般、群聚在碼頭的黑尾鷗同時展翅飛起。白貓衝過牠們先前停歇的地點，而後是椅子，再過一會則是我。貓奔跑的方向是乘客正在上船的渡輪。喂喂喂——我雖然產生不好的預感，不過還是跟著跑。

「喂～鈴芽～」

「咦？」

我聽到粗壯的嗓音，轉頭看到阿稔在隔著海水的隔壁碼頭，朝著我大動作揮手。阿稔是環阿姨的同事，已經好幾年都明顯單戀著環阿姨，卻無法得到回報。他似乎正在從漁船卸貨。他的個性很溫柔，所以我也不討厭他。

「發生什麼事了？」

這種時候問我，我也沒辦法回答。這座港口的渡輪乘船口只有簡單的鐵梯，一群看似卡車司機的人正走在上面。貓穿過他們的腳邊，草太也跟上去。這群歐吉桑發出驚訝的聲音，紛紛喊「那是什麼」。

「唉，不管了！」

我抱著豁出去的心情，同樣朝著鐵梯衝過去。

「真的很抱歉！」

我一邊道歉一邊推開這群歐吉桑，衝過鐵梯跳上渡輪。

『讓各位久等了。由於今天中午過後發生的地震，出港時間有所延誤，不過現在已經確認安全，本船即將出發。』

平常聽起來很遠的汽笛聲，此刻以震耳欲聾的音量響起。載著小貓、椅子和我的渡輪彷彿被傾斜的午後陽光推出去般，緩緩地駛離港口。

大家都在耳語：要開始了

我通過渡輪的入口，來到擺了好幾台自動販賣機的大廳。開長途卡車的歐吉桑們一副習以為常的態度坐在圓桌前，已經開始喝啤酒了。

「你們剛剛有沒有看到？」「看到了！那是什麼？」「不是貓嗎？」「可是好像還有個椅子也跑過去。」「是玩具吧？」「感覺很像無人機，做得很精緻。」

天啊，消息已經傳開了。我掃視室內每個角落，搜尋草太和貓的身影，快步通過大廳。我穿著制服滿身大汗，強烈感受到那些歐吉桑詫異地盯著我的視線，汗流得更多了。我順路走上階梯，穿過坐了幾個乘客的客艙，再度爬上階梯，來到面海的渡輪外廊。

「到底跑到哪裡去了！」

我忍不住大喊。真火大。這種感覺就好像自己養的寵物造成別人困擾，而且那隻寵物是莫名其妙被迫收養的。我衝過狹窄的走廊，來到後方寬敞的露天甲板。

「——啊！」

找到了！小貓和兒童椅在甲板正中央迎著強烈的海風，隔著兩公尺的距離瞪著彼此。這究竟是現實還是幼稚的惡夢？我突然感到暈眩。

「你為什麼要逃？」

草太怒聲質問並向前逼近，白貓也退後同樣的距離。

「你把我的身體怎麼了？你是誰？」

白貓沒有開口，緩緩地往後退，但是後方就是柵欄，底下是海。

「快回答！」

椅子蹲低之後，使勁跳向白貓。白貓靈巧地閃躲，跑上矗立在渡輪尾端的雷達桅。

「啊！」

被他逃走了！我和草太跑過去，並肩仰望細長的雷達桅。小白貓坐在大約十五公尺高的雷達桅頂端。

「鈴芽～」

咦？貓在看我。圓圓的黃色眼珠閃耀著興奮的光芒。

「下次見。」

幼嫩的聲音愉快地說完，小白貓就從雷達桅往海面跳下去。我倒抽一口氣。小貓的身體準確地落在從後方高速駛來的警備艇上。

「什麼？」

警備艇轉眼間就超越我們搭乘的渡輪。我們無計可施，只能呆呆地目送它的背影。

不久之後，我轉回頭，看到我居住的小鎮海岸線已經很遠了。渡輪的航跡宛若從港口延伸的臍帶般拖得很長，在即將下沉的夕陽光線下閃閃發光並逐漸斷裂。

＊＊＊

「——所以說，我今天要住在小絢的家。……嗯～我就說對不起了嘛！反正我明天一定會回去，不用擔心！」

我在昏暗的化妝室角落，把手機貼在耳朵上講話。為了避免讓環阿姨聽見在底下不間斷地響起的引擎聲，我用手掌遮住手機和嘴巴。

『等一下，別掛斷，鈴芽！』光從這個聲音，我就能想像到環阿姨快要哭出來的表情。

『妳要住在她家沒關係，可是妳拿出房間裡的急救箱做什麼？妳沒有受傷吧？』

「我沒事。我離開的時候，妳也看到我身上沒受傷吧？」

『還有，妳又沒有很喜歡吃小魚乾，為什麼要拿出來？』

她的個性很仔細。我腦中浮現她邊說話邊凝視整面牆上的照片的模樣。不論是表演會、運動會、兩次畢業典禮、三次入學典禮，環阿姨總是會滿面笑容地拍紀念照，而在她身旁的我臉上只有淡淡的笑容。我們家裡到處都掛著像這樣的照片。

『我雖然不太想去想像這種事——』

當我不知該如何回答而沉默時，環阿姨填補空檔：

『妳該不會在和不正經的男人交往吧？』

「才沒有！很正常！不用擔心！」

我不禁大喊，然後立刻掛斷電話。「唉～」我發出大大的嘆息。唉，這樣一來反而會讓她更擔心，也會增長她的過度保護程度。不過我決定把麻煩事推給明天的自己，走出化妝室。

仔細想想，這是我第一次在晚上搭乘渡輪。大海看起來一片漆黑，感覺比白天還要深。想到底下有如此激烈起伏的龐大體積，一不小心我就會陷入極大的恐懼。我封鎖想像力爬上階梯，來到外廊。頭髮被風吹得凌亂。在走廊邊緣、通往瞭望台的外階梯底下，草太無言地佇立著。淡淡的月光照亮他兒童椅的姿態。話說回來，那張椅子真的是草太嗎？我心中產生不知第幾次的不安，不過草太應該比我更加不安才對。既然如此，我決定至少要裝出開朗的樣子。

「草太！聽說這艘船明天早上會抵達愛媛縣！」

我快步走到草太旁邊，告訴他從船員聽來的消息。

「那隻貓跳上去的船，聽說也會到同一個港口。」

「這樣啊……」

在聽到草太聲音的同時，椅子也動了一下轉向我。我忍住反射性想要退後的衝動，裝出開朗的聲音說：

「我買了麵包！」

我把雙手捧著的麵包放在草太旁邊，自己也在旁邊坐下。我在大廳的自動販賣機買了炒麵麵包、牛奶夾心麵包、紙盒裝的咖啡牛奶和草莓歐蕾。

「謝謝。」聽到他帶著些許笑意的聲音，我鬆了一口氣。「不過我不餓。」

「這樣啊……」

想想也是，變成椅子的身體，根本沒辦法吃東西。我在自動販賣機前也猶豫了好久，不知道該不該買。我緊緊抱住膝蓋，把大腿貼到肚子上，避免肚子咕嚕咕嚕叫，或者即使叫了也要避免讓他聽見。我在早餐之後就沒有吃任何東西。我們隔著麵包坐在地上，眺望著緩慢移動的星空好一陣子。缺了一點點的月亮照亮雲層。夜晚的鐵走廊感覺很冰涼。

「那個……」我無法一直沉默下去，便提起勇氣詢問：

「你的身體怎麼了？」

「……看來我被那隻貓下了咒語。」草太像是在自嘲般，輕輕發出笑聲。

「咒語……不要緊嗎？會不會很痛？」

「不要緊。」草太笑著回答，我不禁伸手去摸他。

「好溫暖……」

椅子具有人類的體溫。我忽然想到靈魂這個詞。如果真的有靈魂，一定是這樣的溫度。椅子的雙眼（刻在椅背上的兩個凹洞）微微反射著月光。

「不過得想想辦法才行。」

草太看著月亮低語。

「那個，有件事我一直很在意——」我下定決心告訴他。

「……廢墟的石像！」

他聽完我說的話之後，突然大聲說。

「那就是要石！是妳把它拔出來的？」

「呃，與其說是拔出來……」

我只是拿起來看看而已——我想要這樣回答，但草太卻像是在自問自答般繼續說：

「原來如此。這麼說，那隻貓就是要石！竟然會拋下自己的職責逃走……」

「什麼？怎麼回事？」

「妳讓要石得到自由，然後我被它下了咒語！」

「怎麼可能——」我感到困惑，但卻奇妙地可以理解。雕刻在石像的臉不是狐狸，而是貓。我想到石頭在手中變成動物的那個觸感。

「對不起，我完全不知道有這種事——怎麼辦……」

椅子盯著我的視線突然朝地面落下。草太輕聲嘆了一口氣。

「……是我不好，太晚找到門。不是妳的錯。」

「可是——」

「鈴芽，我是關門師。」

「……關門師？」

草太發出「嘎嘎」的聲音，把全身轉向我。他彈起前腳，搖搖晃晃地用雙腳站立，然後用前腳舉起掛在椅背上的鑰匙給我看。那是我從房間帶來、上面有裝飾的舊鑰匙。

小貓逃走之後，我就把鑰匙掛在草太的脖子上。

「為了不讓災難跑出來，我必須鎖上被打開的門。」

喀噠。草太把前腳放回地面，繼續說：

「在人們離開之後的場所，有時會開啟被稱為『後門』的門。從這樣的門會跑出不好的東西，所以我必須鎖上門，把那塊土地還給原本的持有者，也就是『產土神』。我為了這個目的，在日本各地旅行。這原本就是我們關門師的工作。」

後門、關門師、產土神——雖然全都是陌生的詞，我卻覺得好像在哪裡聽過；即使不知道意思，腦中深處卻好像能夠理解。為什麼——我正要思考，就聽見草太以溫柔的聲音對我說：

「鈴芽，妳餓了吧？」

他用前腳把麵包輕輕推到我的膝蓋，對我說「吃吧」。

「嗯……」

我拿起牛奶夾心麵包，用雙手打開塑膠包裝。甜甜的氣味飄散出來，立刻被海風吹走。

「只要把貓還原成要石，並且封住蚯蚓，我一定能夠恢復原來的模樣。」

他之所以用這麼溫柔的聲音說話，或許是為了要讓我安心。

「所以妳不用擔心，明天就回家吧。」

麵包和鮮奶油濃郁的甜味，和草太柔和的聲音一起在我體內擴散。對於熟悉的黃色兒童椅發出的聲音，我已經不再感到奇異了。

* * *

這天晚上，我做了夢。

我是迷路的小孩子。但是在夢中走的地方不是那片星空下的草原，大概是在那之前的情景。平常做的那個夢是很長的故事，有時在開頭部分，有時是中間，有時則會進入高潮部分。今天的夢大概是故事最初的部分。

時間是晚上——冬天的深夜。我應該還沒有離家很遠，但奇怪的是熟悉的建築都消失了，不知道自己走在哪裡。空曠的街上沒有任何人。地面很潮溼，每走一步，冰冷的泥土就會讓鞋子更沉重。悲傷、寂寞與不安已經成為我內心的一部分，每當我向前走，累積許多的這些情感就會像液體一樣，在我小小的體內晃動。好冷。空中飄著雪，天空和地面都是陰沉的灰色。淡黃色的滿月掛在空中，彷彿在這片灰色當中切開一小塊。滿月的下方，可以看到電波塔的剪影。那是這一帶最高的建築，也是我唯一熟悉的建築。

「媽媽，妳在哪裡？」

我邊喊邊走，不久之後看到一扇門。在被雪覆蓋的瓦礫中，只有那扇門直直矗立著。這扇門被摻雜雨水的雪打溼，貼了皮的門板上映著朦朧的月光。

我彷彿被吸過去般，把手伸向門把。我抓住門把。金屬製的門把冰到好像要黏在肌膚上。我轉動門把推開門。門發出「嘎」的聲音打開。看到門內的風景，小孩子的我感到驚訝——在此同時，我也覺得那是我理所當然知道的場所。雖然是第一次看到的地方，我卻感到懷念。我覺得自己明明被排拒，卻又受到呼喚；雖然悲傷，卻又感到興奮。

我踏入門內——踏入耀眼星空之下的草原。

＊＊＊

喀噠。某樣東西倒下的聲音吵醒我。

「……草太？」

椅子倒在地上，三支腳朝上。

「好誇張的睡相……」

這算是睡相吧？我抬起自己的上半身。在欄杆外面，染成橘色的海面閃閃發光。成群的黑尾鷗像集體上學的小學生一樣，吵鬧地飛舞在空中。葡萄色的清澄天空和透明潔淨的太陽——是日出。我們在外廊的角落睡著了。

「草太。」

我把手放在椅子上推了推。沒有回應，不過還是能夠感覺到溫暖的體溫。看來他還在睡覺。我感到有些安心，站了起來。我從欄杆探出身體，注視船前進的方向。此刻渡輪周圍出現大大小小的島嶼，我也看到好幾艘船。這裡是宇和海，在熱鬧的豐後水道(註4)上。宛若銀箔紙般閃耀的大海遠方，可以看到矗立著好幾根起重機吊架的港口。海水的氣味中，摻雜著重油、植物、魚類和人類生活的氣味。這時汽笛突然以壓迫身體的音量，發出「叭～」的聲音。我突然覺得周遭的一切好像都欣喜地在說：「要開始了。」我不知道什麼東西要開始——是旅行、人生、或者單純只是新的一天——但總之，聲音、氣味、光線、體溫好像都在興奮地耳語：要開始了。

「……好期待。」

我眺望著被朝陽描繪出輪廓的風景，情不自禁地說。

註4：豐後水道是日本九州大分縣與四國愛媛縣之間的水道，宇和海為豐後水道中接近愛媛縣的海域。

第二天

在愛媛找貓

我雖然沒有去國外旅行過，不過降落在外國地面的瞬間，一定會非常感動吧——我走下連結渡輪的狹窄舷梯時，忽然產生這樣的想法。當我的皮鞋踩到港口的水泥，我在心中高喊：「四國～」這是我有生以來第一次登陸。我站在原地，等候歐吉桑集團的背影離開，直到拉開足夠的距離之後才開始走。為了保險起見，我把兒童椅拿在背後避免被看到。我離開家的時候什麼都沒帶，所以現在就成了穿著制服、只拿著兒童椅的謎樣角色。我不想要太引人注目。

「今天好熱啊。」「我接下來要去大阪。」一群歐吉桑邊走邊大聲聊天。我和他們的聲音保持一定的距離，走在只有架設鐵皮屋頂的簡易通道。喇叭播放著「歡迎再次搭乘」。我原本想像和故鄉宮崎不一樣的地方，但是目前為止，不論是聲音、空氣、以及港口寥落的氣氛，都沒有任何差別。晴空的顏色、海水的氣味、被曬白的水泥顏色，也都跟我住的地方相似到掃興的地步。

「……鈴芽？」

背後的椅子突然動了一下，草太發出聲音。我不禁停下腳步，鬆了一口氣說：

「你總算醒了。你一直都沒有醒來，害我開始懷疑這一切都是夢！」

走出渡輪站，前方是很大的停車場。我在停車場的邊緣對草太抱怨。從日出到現在的兩小時左右，我不論怎麼叫，他都沒有醒來。

「原來我……睡著了……」他的聲音仍舊半睡半醒。我再次深深嘆了一口氣。

「……算了。接下來要去找那隻貓！要怎麼找呢？首先應該在港口打聽消息吧。」

「妳說什麼？」

「話說回來，這裡是哪裡？」

我從裙子口袋拿出手機。幸虧我還帶了這支手機，否則我就付不出渡輪的錢了。

「喂，等一下！」

我無視草太慌張的聲音，開始操作手機。我看到畫面上來自環阿姨的訊息通知，連忙滑開，然後打開地圖確認現在位置。我們此刻所在地點是愛媛縣西端的八幡濱港。往東走是市區，電車車站也在可以走到的距離。原來如此。那麼從家裡到這裡的距離是多少？我顯示軌跡紀錄，把地圖一口氣縮小到畫面中同時出現四國和九州，上面顯示從這裡到家有兩百一十九公里。

「哇！距離好遠。」

「搭乘下一班渡輪，應該可以在今天之內回到家。我昨天不是說過了嗎？妳不用替我擔心，馬上回家——」

「啊！」

我不禁叫出來。

「怎麼了？」

「這不是……」

我蹲在地面，把社群網站的畫面給草太看。上傳的照片中，可以看到那隻白貓端坐在電車座位上。

「是那傢伙吧？」

「竟然……」

鎖定在目前所在地附近的社群網站動態上，連續出現好幾張白貓照片。昨晚在警備艇的船首、黎明時分在港口的繫船索上、早晨在橋的欄杆、幾個小時前在車站長椅、幾分鐘前在電車內的取號機上，那隻白貓都以天真無邪的姿態出現在照片中，獲得大量的按讚。「遍路之旅（註5）遇到小可愛！」「天啊糟糕真的超可愛！」「這隻貓自己上電車，根本就寫實版心之谷（註6）！」「給喵站長吃啾嚕肉泥！」「好可愛……好可愛……從剛剛就一直坐我旁邊……」每張照片都附了語言能力變得低落的文章。那隻白貓到任何地方都故意裝可愛，並且得意地（看起來真的就是這樣）讓人拍照。

「嗯？大臣……？」

白色的鬍鬚好像以前的大臣，超可愛。鬍鬚往上翹，看起來就像大臣一樣。像這樣的文章連續好幾則，最後甚至還出現「#和大臣在一起」的主題標籤。

「好誇張……不過這麼說，那隻貓的臉的確有點像……」

「這傢伙搭電車往東移動。我們得快點去追！」

註5：遍路之旅是參拜四國八十八處寺院的巡禮。
註6：《心之谷（耳をすませば）》是一九九五年吉卜力推出的動畫片，改編自柊葵（柊あおい）的少女漫畫。故事中女主角在電車上遇到一隻乖乖坐在座位上的貓。

草太說完，喀噠喀噠地開始走。他邊走邊發出「嘎嘎」聲把椅背朝向我，像是在宣布決定事項般酷酷地說：

「我得在這裡跟妳說再見。鈴芽，謝謝妳的幫忙。回去的路上請小心。」

嗯～我應該買到哪裡呢？姑且先到這裡吧——我按下最大的觸控式按鍵，「嗶」的電子音就在天花板格外高的車站大樓內響起。

「喂……」

我不理會在手邊輕聲抗議的聲音，從售票機取票。我把椅子抱在肚子前面，穿過八幡濱站的驗票閘門。

「妳不回去的話，家裡的人會擔心吧？」

「沒關係！我家採取放任主義。」

我毫不猶豫地小聲說。我雖然裝出若無其事的態度拿著椅子，可是從剛剛就有穿著不同制服、跟我差不多年紀的學生盯著我看。「往松山的單人服務列車要出發了～」悠閒的聲音透過喇叭通知。我們上了銀色車身的列車。乘客稀疏的車內在過了幾站之後，變得幾乎像是獨占狀態，我們總算解除緊張狀態。

「……這趟旅行會很危險。妳如果跟來，我也會很困擾。」

兒童椅在我膝上用感到困擾的聲音說。

「草太，現在不是說這種事的時候。」我把正在看的手機拿到草太面前。「你看！」

社群網站上有人上傳了椅子跑在斜坡上的背影。由於動作很快，身影很模糊，反而增添了類似未確認動物般的詭異寫實感。另外也有椅子跑在碼頭上，以及今天早上走在港口附近的身影。雖然臉部無法辨識，不過也有拍到我的照片。「我看到好詭異的東西！」「我也看到了！」「那是椅子型無人機嗎？」「旁邊那個制服少女是誰？」網路上有不少人在談論，甚至也已經出現「＃椅子在跑」的標籤。

「怎麼會……」

「看吧！你光是走在人群當中也很危險。像這樣的話，你一定會先被抓起來！」

「唔……」草太說不出話來，過了片刻才用溫馴的聲音說：

「目前也沒其他辦法了。鈴芽，在找到大臣之前，還請多多幫忙。」

椅子發出輕微的「嘎嘎」聲鞠躬。我在內心歡呼，露出笑容，同樣地對他鞠躬回禮。

「請多多指教！」

他總算答應讓我同行了。好，我一定要加油！我替自己打氣，抬起頭，看到一名幼兒從遠處的座位好奇地看著我們。幸好他母親正在盯著手機，好險好險。我有責任讓草太恢復原本的姿態。在草太恢復人類姿態之前，我必須保護他才行！

所以我現在應該跑去的方向是

——話說回來，我至少應該在一開始的站前買防曬乳的。我怨恨地瞪著總算開始西斜的太陽，今天不知道第幾次感到後悔。我的肌膚一定曬傷了，今天洗澡的時候一定會很痛。話說回來，我今晚真的能洗到澡嗎？更重要的是，等到太陽下山之後，今晚我要住在哪裡？該不會第一次到四國就要第一次睡戶外？連續兩天都不能洗澡？我隔著這條山路的欄杆看底下的巨大貯水池，以絕望的心情想到：如果今晚也不能洗澡，最糟糕的情況就得洗冷水了。

我們依據上傳到社群網站的照片，一再上下電車，追蹤大臣（那隻白貓）的足跡。然而每當到達照片中的地點，又有別的地點的照片上傳，根本沒完沒了。不過目前也沒有其他線索，所以我們現在正在前往兩小時前上傳的照片中的地點。照片中的大臣在橘子果園中央裝可愛，附上的文字是「白貓造訪我們家的農園！#跟大臣在一起」。爬上這條山路，應該就會到達那座農園。到這裡的路上，一家便利商店或雜貨店都沒有，所以我也一直沒有買到防曬乳。

背後傳來機車的聲音。

「草太！」

我連忙呼喚，跑向走在幾公尺前方的椅子，從椅背把它抓起來。輕型機車在千鈞一髮之際駛過拿起椅子的我。

「……沒有被看到吧？」

「妳不用那麼擔心。」

草太笑著說。不過我認為他太缺乏危機意識了。如果像電影《玩具總動員》那樣被壞人抓走怎麼辦？除了找貓以外，又會增加搶回椅子的任務。話說回來，一直拿著兒童椅也很容易讓手臂疲勞，因此在沒有人的地方，只能請他自己走路。

「咚！」從斜坡上方傳來好像有東西掉下來的聲音，以及機車緊急剎車的聲音。接著隱約聽到有女生在說「糟糕」。

「嗯？」我抬頭看斜坡上方。「……哇？」

大量橘子沿著狹窄的斜坡滾下來。我想起剛剛經過的機車貨架上載了很大的箱子。

「天啊～」

大量的橘子擴散到整條路的寬度，不斷朝我們逼近。草太迅速從呆站在原地的我手中跳下去。我驚訝地注視他的行蹤，看到他用腳勾住路旁田裡的防獸網，然後又折回來。

「鈴芽，壓住那一邊！」

「啊？好！」

草太拖著網子經過我面前，我們就等於是在道路兩端張開網子。幾乎在同一時間，所有橘子都咚咚咚地滾進網子裡。

「……不會吧？」

我聽到聲音抬起頭，看到戴安全帽的女生站在斜坡上，呆呆地俯視我們。草太這時候才裝成無生命的樣子，「喀噠」一聲倒在路旁。滾下來的橘子都被我們成功捕獲了。

＊＊＊

「真的很感謝妳！妳幫了我一個大忙！」

棕色短髮、穿著紅色學校運動服的女生抓著我的雙手用力甩。我對她的氣勢感到些許困惑，不過還是勉強擠出笑臉說「沒什麼」。

「妳簡直就像魔法師一樣！到底是怎麼做到的？」

「啊……」我知道她似乎沒看到椅子在動，鬆了一口氣，然後含糊地說：「就……沒想太多身體就自動反應……這樣吧？」

「真的？太厲害了！」

她似乎真的感到佩服，畫了濃妝的圓眼睛閃閃發光。

「我叫千果，高中二年級。」

她指著自己的胸口說。

「啊，我跟妳同年！我叫鈴芽。」

「哦，鈴芽。好可愛的名字！」

哇，這個女生和我的距離好近。不過聽到她跟我同年，我也突然產生親切感。

「對了，鈴芽，妳的制服——」她很親暱地直呼我的名字（註7），不過完全沒有討厭的感覺。她從頭到腳打量我之後說：「妳不是這一帶的學生吧？」

「嗯。」

我也直接稱呼她的名字吧？我忽然感到高興，內心如此決定，並告訴她（隱瞞很多細節的）事情原委。

「什麼？妳為了找貓……從九州來這裡？」

千果看著我顯示在手機上的橘子果園照片，驚訝地問。我們並肩坐在路旁的空地。周遭原本不絕於耳的蟬鳴聲，不知何時已經被暮蟬的合唱取代。道路下方貯水池的水面，也從明亮的藍色沉澱為偏綠的灰色。

「那隻貓是妳養的貓嗎？」千果把手機還給我並問。

「嗯，也不能算是……」

我含糊地回答，吃了一片她為了表達感謝送我的橘子。橘子甜到令人驚訝。乾渴的喉嚨得到滋潤，甜味瞬間被走累的身體吸收。我接著一口吃下六片左右的橘子。這比便利商店的柳橙汁美味一千倍。

「好好吃，感覺今天曬的太陽都能一筆勾消了！」

我這麼說，千果就開心地笑了。

「剛剛真對不起。都是因為路面高出來。」

「高出來？」

「嗯。輪胎直接駛過高出來的部分，結果橡皮帶就被震開了。昨天明明沒有像那樣高出來的地方──不過還是得怪我自己，沒有把箱子固定好。」

「真辛苦……妳是在打工嗎？」

「不是。我爸媽是做生意的。這些橘子已經沒辦法提供給顧客，只能拿去加工，所以妳儘管吃吧。好好把紫外線徹底勾消。」

我們同時笑了。橘子的甜味和千果爽朗的聲音，讓我身體的緊張逐漸緩解。

註7：日文在稱呼剛認識的對象時，通常會在名字下方加上「さん」等敬稱，等到變熟之後才取消。鈴芽與草太（以及旅途中認識的其他人）在日文中彼此稱呼時是有加敬稱的，但千果則一開始就沒有加。

「對了，鈴芽，妳正要去那座果園嗎？」

「嗯？呃，對呀！」

我有些慌張，再次拿出手機顯示照片。糟糕糟糕，我完全沉浸在放學後聊天的氛圍。我重新檢視照片，然後為了確認周圍的風景抬起頭。

「千果，這張照片的地點應該在這附——」

我想要說「這附近」，但說到一半卻哽在喉嚨，只吐出沙啞的聲音。

「……鈴芽，怎麼了？」

我無法回答。我可以感覺到千果詫異地看著我，但是我的視線卻彷彿縫在一點上，無法從「那個」移開。為什麼會出現在這種地方？暮蟬的叫聲不知何時已經完全停止。隔著貯水池，在遠方的山上，烏鴉發出「呱呱」叫聲聚集在一起。一道紅黑色的煙緩緩上升，把那群烏鴉分為左右兩半。那道煙看起來微微發光——那是只有我們才看得到的那隻巨大蚯蚓。

「那、那個——」

我的聲音在顫抖。我拿起腳邊的草太，對千果說：

「對不起，我突然有急事！真的很對不起！」

「咦？急事？」

我抱起椅子，反射性地開始奔跑。千果發出疑惑的聲音，但我無暇回頭，往蚯蚓出現的方向奔上山路。

「草太，蚯蚓會到處出現嗎？」

「這塊土地的後門打開了！必須趕緊關上，否則——」

又是地震？我感到從腳底傳來一陣毛毛的感覺，便加快腳步，想要踩扁那股不舒服感。又粗又長的蚯蚓延伸到天空。草太發出焦急的聲音：

「這個距離用跑的來不及！」

「可是……」

「喂～鈴芽～」

我聽到背後傳來呼喚聲，轉頭一看，是騎著輕型機車的千果。她在我面前「嘎」的一聲剎住車。

「千果！」

「雖然不知道是怎麼回事，不過妳很急吧？」她一臉認真地盯著我的眼睛。

「上車吧！」

從流逝的樹木之間隱約可見的蚯蚓，微微帶有銅紅色的光澤。太陽此時已經西沉。輕型機車毫不客氣地急馳在沒有車流的山路上，我則坐在貨架上，緊緊抓著千果。在日落後變得漸深的青紫色當中，蚯蚓就好像在天空遊走的不祥的紅色夜光蟲。

「妳真的要往這個方向？」

千果面朝前方，用壓過風聲與引擎聲的嗓門大聲吼。

「這前面好幾年前發生過土石流，現在已經沒有人住了！」

「是廢墟嗎？那就去那裡，拜託！」我也用喊的回應，然後把嘴巴湊向草太問：

「還會發生地震嗎？」

「蚯蚓在擴散到空中的時候會吸收地氣，增加重量。當它倒在地上的時候，就會發生地震。如果能夠在那之前關上門，就能避免地震發生。這回一定要成功——」

車燈照射在突然出現的巨大告示牌上，反射刺眼的光線。千果緊急剎車。告示牌上以很大的字體寫著「因土石流災害全面禁止通行」，地面上放了好幾個三角錐。崩落的土石堵住了前方道路，機車無法前進，附近瀰漫著那股濃重腐爛般的甜膩氣味。

「到這裡就可以了！」

我跳下機車，抱著椅子往前跑。

「千果，真的很謝謝妳！」

「等、等一下！鈴芽？」

千果的叫聲在背後越來越遠。劇烈的心跳催促我快一點、快一點。在寸斷的道路前方、漆黑的聚落另一邊，綻放紅黑色光芒的蚯蚓看起來非常巨大。腳下的地面很泥濘。我蹬著皮鞋踢起沉重的泥巴跑向前。

「——鈴芽，妳也到這裡就可以了！」

草太突然這麼說，並且踢開我跳到地面。他就像掙脫牽繩的狗，全力從我身邊奔離。

「草太，等等！」

「接下來會很危險！妳回剛剛那個女生那裡！」

「草太！」

看起來像三腳動物的剪影，很快就被微暗中的瓦礫遮蔽而看不見了。不會吧，草太！我再次呼喚，但沒有得到回應。

這時我的呼吸突然變得急促，逼使我在原地停下腳步。我的肺部渴求空氣，身體自動地大口吸入空氣，結果連甜膩的氣味都大量吸入胸腔裡，害我不停咳嗽。我拚命調整呼吸，設法想要忘記氣味，當作它不存在，不去感覺到它。我慢慢地把胸腔內混濁的氣味全部吐出。當我總算能夠喘過氣來，便以短促的呼吸環顧周圍。仍舊被土石埋沒的屋頂與電線桿，處處形成無秩序的黑影。在更遠處，宛若朝天空落下的紅色大河顯得更加明亮。腳底的地面不間斷地傳來可怕的地鳴，彷彿有東西朝著那道紅色同時移動。

——在這樣的場所，我只有自己一個人。不知為何，我獨自佇立在這裡。我心想，又來了。我心中升起無法控制的不安與恐懼，彷彿因為某個人的安排錯誤，使我無法從原本應該結束的惡夢中醒來。我感覺好像被遺留下來的小孩子。沒入泥土中的傾斜屋頂、不知為何仍舊屹立的圍牆、沒有映出任何東西的漆黑窗玻璃包圍著我。累積在眼角的淚水突然溢出，蚯蚓的紅色擴散在整片淚眼模糊的景象中。草太要我回家。他要我回到那個女生的地方。

「就算回到千果那裡……」

我說出口。

「就算回到九州、回到家裡——」

令人作嘔的甜膩氣味仍舊包圍著我，那股氣味已經存在於我的內側而無法驅逐。明顯的異物存在於這裡，甚至無法假裝看不到。從我的肋骨內側突然湧起類似憤怒的感情。都已經到這種地方、到這種時候，為什麼還要這樣？到底要我怎麼樣？

「我還能怎麼樣！」

我使盡全身力量大喊，然後開始奔跑。我朝著草太消失的黑暗中，不顧一切地全力奔跑。皮鞋踩在泥巴上、踩在玻璃上、踩碎某種塑膠物體。我每跑一步，恐懼與不安就沖淡一些。我心想，沒錯，就是這邊。往草太的方向跑，內心的不安一定能夠消除。如果往反方向跑，不安一定會更加增長。所以我現在應該跑去的方向是這邊。

我爬上黑暗的斜坡盡頭，視野就豁然開朗。在一棟棟的廢棄房屋前方，有一塊偌大的操場，蚯蚓就是從看似學校的建築噴出來。我沿著道路朝著那裡前進，奔跑在無人的住家之間。我看到校門出現在前方。學校的右邊是山，從那裡崩落的土石埋沒了校園的右半部。我穿過校門，跑入操場。沿著土石排列著一個個沙袋，一直延續到大約一百公尺前方的校舍。

「……學校變成後門了？」

蚯蚓形成激烈的濁流，從寬敞的校舍入口噴出來。在那道光的左下方，有一個小小的剪影。小小的兒童椅正朝著雙開式的巨大鋁門單側拚命推動。

「草太！」

「——鈴芽？」

紅色的濁流在我的正上方流動，泥濘的地面反射著它的光芒。

「鑰匙……！」

草太邊推門邊說。在他的視線前方，在我和入口的中間左右，有東西在蚯蚓的光芒下微微發光。那是草太原本掛在脖子上的鑰匙。我跑過去，用右手撈起有一半埋在泥土裡的鑰匙，然後直接跑向草太。途中我腳底打滑，摔倒在泥土上，但立刻又爬起來，從草太上方用左手推鋁門的邊緣。

「鈴芽，妳——」

草太也用椅子的座面推著門的邊緣，抬起頭對我怒吼。

「妳不怕死嗎？」

「不怕！」

草太啞口無言。不過我並不怕死，從很久以前，我就不怕那種東西。用左手推的鋁門後方，彷彿有個言語無法溝通的人在那裡，以胡鬧的心情要把門推開，產生不舒服的震動，我的右手貼在地面，緊緊握住沾了泥巴的鑰匙。

「鑰匙——」草太一邊拚命推門一邊說，「被湧出來的濁流沖走了。我的手搆不到鑰匙——幸虧妳來了——」

他奮力用三支腳挺住，我也把渾身力量灌注在左手臂，慢慢地把門推回去。蚯蚓的噴發逐漸變細。還有一點點，再一點點。我一邊拚命推，一邊抬頭看蚯蚓。

「啊！」

蚯蚓在空中綻放巨大的銅紅色花朵。往操場看過去，地面上長出無數的金色線條，朝著空中的蚯蚓延伸。蚯蚓正在吸收地氣。在空中形成巨大花朵的蚯蚓吸飽地氣，體內蓄積充足的重量之後，緩緩地開始倒向地面。

「鈴芽，妳來鎖門！」

草太在我的胸口下方喊。

「什麼？」

「沒時間了。閉上眼睛，想像過去在這裡生活的人！」

「什麼？」

「這樣的話，鑰匙孔就會出現！」

「你這麼說，我也——」

我看著草太。他仍舊盯著門，用急迫的聲音說：

「拜託！我完全無能為力。憑這副身體，我沒辦法做任何事……拜託，閉上眼睛！」

他急切的口吻讓我反射性地閉上眼睛。但是我該怎麼做？想像以前生活在這裡的人？要怎麼——

「想像過去曾經出現在這裡的景象、居住在這裡的人、他們的情感。想像之後，傾聽聲音——」

過去曾經出現在這裡的景象——我試圖想像：山巒環繞的學校。太陽下的大操場。校舍的入口兩側和我的高中一樣是飲水處，有成排的水龍頭。現在被埋在泥巴底下的這個地方，昔日一定也有穿運動服的學生在喝水。我想到千果爽朗的笑容。水龍頭的水甘甜冷冽，她和朋友笑著說「多喝一點」。有人在道早安。上學時間一定很熱鬧。早安，早安，早安。我可以聽到聲音。他們在聊懶得考試、關於老師的八卦、向單戀對象告白的計畫。我可以看見顏色：各學年不同的三色運動服。反射朝陽的白色水手服。改短到膝上長度的深藍色裙子。打開到第二顆釦子的耀眼襯衫，還有偷偷染的各種髮色。

「誠惶誠恐呼喚日不見神（註8），」

草太又開始用那好像在唱歌的調子吟唱。

「先祖之產土神。領受已久之山河，誠惶誠恐，謹此——」

「啊——」

我的右手中的鑰匙開始變熱，並且綻放藍色的光。藍色光束從鑰匙升起，集中到鋁門。在我推著門板邊緣的左手旁邊，有一個發光的鑰匙孔逐漸成形。

「——就是現在！」

草太喊。我在這個聲音的推動之下，把鑰匙插入光芒中。

「——奉還！」

在草太喊出來的同時，我反射性地轉動插入門鎖的鑰匙。隨著「喀嚓」一聲，我感覺到有東西關上。安裝在鋁門上的玻璃同時破裂，灑落在我們的背上。在此同時，隨著膨脹的泡沫破裂般的聲音，我們上方的蚯蚓爆開了。沉重的烏雲彷彿同時被吹散，氣壓頓時變輕。

註8：「日不見」同時也是日本鼬鼠的名稱，日本鼬鼠也會以蚯蚓為食。

墟。

過了不一會兒，反射複雜光線的雨點就好像從蓮蓬頭噴出來般，沖洗我們所在的廢墟。

「呼，呼，呼……」

我坐在泥巴上，調整呼吸仰望天空。天上已經閃耀著好幾顆星星，夜晚的昆蟲也開始合唱，周遭瀰漫著夏草新鮮的氣味。校舍的入口再度恢復為無言地繼續腐朽的寂靜廢墟。

「哈哈。」一旁的草太吐著氣。

「咦？」

「哈哈……哈哈哈哈！」

草太似乎覺得很好笑，愉快地大笑。他發出「喀噠」的聲音移動身體，看著我說：

「太好了，鈴芽，妳阻止了地震發生！」

「咦……？」

我阻止了地震？

「真的……？」

從我的肚子湧起熱浪般的情感，讓我的嘴上泛起笑容。

「……真不敢相信！太棒了，我成功了！太棒了！」

草太也笑了。他渾身都是泥巴。我的衣服、或許還有臉上也都是泥巴。這就好像某種證明，也讓我感到驕傲、開心而愉快。

「你說我們是不是很厲害？」

我把臉湊近草太，興奮地說。在椅背上的兩個凹洞、在這雙眼睛當中，我看到草太的表情。我確實覺得在這當中看到溫柔的笑容。

「鈴芽好厲害唷～」

「嗯？」

旁邊傳來稚嫩的孩童聲音。我反射性地往那邊看。在稍遠的黑暗操場上，有一個朦朧的白色小小身影。一雙黃色的圓眼睛看著我們。白貓緩緩搖動長長的尾巴，張開嘴巴。

「後門還會再打開。」

「——要石！」

草太立即跑過去——然而大臣的身影已經消失在黑暗中。

「……是那傢伙打開門的？」

我以顫抖的呼吸喃喃地問。草太盯著貓消失的方向好一陣子。

是你害我成為魔法師的

『——妳說妳在愛媛？』

電話裡的環阿姨發出驚訝的聲音。

『鈴芽——等、等一下！』

環阿姨一副不敢置信的口吻。在她的聲音後方，可以隱約聽見電話的聲音和低聲交談的聲音。雖然已經快要晚上九點，環阿姨似乎還在漁會的辦公室。

『妳昨天不是說要住在小絢的家嗎？』

「呃，我一時興起，決定來一趟小旅行……」

我努力裝出開朗的聲音，發出「嘿嘿」的笑聲，不過環阿姨冷冷地說「一點都不好笑」。我可以想像到，環阿姨此刻坐在辦公室灰色的辦公桌前，拿著手機皺眉抱頭。以前在社會課校外教學時，我們曾參觀過漁會那棟充滿昭和氣息的老舊大樓。

『妳明天一定會回來哪？今晚要住在哪裡？』

「啊，妳不用擔心！我可以用自己存的錢住旅館！」

『我擔心的不是這個！』

阿稔，大家要去喝了喔——電話中隱約傳來後方的人說話的聲音。你們先去吧，我要先跟環說一聲。這是阿稔的聲音。我可以想像到，漁會的其他男人看到環阿姨邊打電話邊發脾氣，不負責任地打趣說「鈴芽是不是進入反抗期哪」之類的話。

『總之，妳先告訴我今天晚上要住在哪裡。飯店還是旅館？對了，妳真的是一個人嗎？該不會跟某個我不認識的人在一起哪？』

嗶。我反射性地掛掉電話——唉，我可以想像到，環阿姨注視著放在桌上的我小時候的照片，深深地嘆氣。我也發出很大的嘆息聲。不過如果繼續不理會她，有可能真的會去報警。為什麼不在昨天找個更像樣的說詞？到底是誰把麻煩推給今天的我？是昨天的我。沒辦法，照護監護人的心理健康也是小孩子的責任。我一邊如此安慰自己，一邊打開ＬＩＮＥ輸入訊息。

抱歉把電話掛斷了！傳送。

我過得很好！傳送。

我很快就會回家了！傳送。

不用擔心也沒關係！傳送。

貓鞠躬的可愛道歉貼圖。傳送。

這時以迅雷不及掩耳的速度連續出現五個已讀。就是這樣的速度讓我感覺沉重。我再度嘆了一口氣。

咚咚！突然有人敲了我旁邊的門。

「請進！」我反射性地伸直背脊，打開薄薄的木門。

「我替您送晚餐來了！」

和服服務生打扮的千果笑瞇瞇地端出晚餐。

先前當我抱著兒童椅、滿身泥巴出現在聚落出口時，千果沒有多問，只問我今晚有沒有住宿的地方。我老實告訴她正在找，她就笑著說：

「妳真幸運，我們家是開民宿的。今晚妳注定要住在我們家。」

她騎機車載我的時候，毫不介意運動服會被弄髒，要我抓緊一點。我望著她的後頸，想到她獨自在那麼暗的地方一直等我，一定感到很不安，只能反覆說「對不起」。千果也實現了我今晚一定要洗澡的心願。我在民宿寬敞的浴室洗掉身上的泥巴和汗水，然後泡進滿滿的熱水中，果不其然身體到處都感到刺痛。我已經分辨不出這些刺痛是日曬還是擦傷造成的。我在民宿的浴室角落洗了制服，借了民宿乾淨的淺桃色浴衣，甚至還住在民宿房間裡。現在千果又替我端晚餐來。

「哇啊——謝謝！」

我感到眼頭熱熱的。在此同時，我也意識到自己的肚子餓到發疼的地步。

「鈴芽，我也可以在這間房間一起吃飯嗎？」

「哇，當然好！」好高興！啊，不過——「抱歉，呃，拜託稍微等一下，一下下就好！」

我關上門，一腳跨過設有小洗手台的入口空間，「喀啦喀啦」打開起居室的拉門。站在榻榻米上的草太抬頭看我。

「怎麼辦？」

「妳跟她一起吃吧。」草太以帶有溫和笑意的聲音對我說。「變成這個身體之後，好像就不會餓了。」

他邊說邊走到八個榻榻米左右大的房間角落，面向牆壁。

「不要緊，妳別在意。」

我聽到他笑著說話的聲音，便放心地招呼千果到房間裡。

幾乎超出盤子的大魚，據說是鹽烤白帶魚。把筷子戳下去，魚皮就發出清脆的聲音裂開，綻放美味的香氣，露出冒著蒸氣的豐盈白肉。我夾了一大塊放在碗裡，和白飯一起放入嘴裡。

「好好吃！」

我不禁脫口而出。這條魚真的太好吃了。清爽甘甜的油脂在嘴裡擴散，讓我感覺全身每一個細胞都在歡呼。我沒時間想太多，眼頭再度感到熱熱的。

「咦？鈴芽，妳是不是在哭？」

「因為太好吃了……」

「哈哈哈。」千果愉快地笑了。我們兩人的餐盤貼在一起，面對面用餐。「原來妳肚子這麼餓。」千果以感嘆的口吻說。「今天不知道為什麼，客人突然變多了，所以這麼晚才送餐過來，真抱歉。」

「哇，沒有，請別這麼說！」千果如此體貼的應對，讓我不禁用敬語回應。「我才應該道歉，跑來住在你們這裡，還用你們的浴室、穿你們的浴衣、麻煩你們提供晚餐……」

「妳不用客氣，這就是我們家平常提供的服務。」

這家民宿是家庭經營的形式，雖然也有在此打工的人，不過基本上是由千果的雙親、千果和念小學的弟弟四人負責打理。所以像今天這樣客人比較多的日子，千果也會穿上仲居的服務生衣飾來招呼客人。晚上十點前的這個時間，客人用晚餐也告一段落，算是她終於可以稍微放鬆的時間。

生魚片的魚是鰤魚，副菜是加了里芋的鍋料理。料很多的白味噌湯帶有高雅的甜味，和我熟悉的味道很不一樣。我感動地告訴千果，這是我第一次喝到這種味道的味噌湯，她就說「嗯，因為我們這裡用的是麥味噌（註9）」。我此刻才深刻感受到自己來到異鄉。

叮咚。放在旁邊的手機響起通知鈴聲。

「哇！」

我看到通知的寄件人名字，不禁喊出口。

「誰呀？」

「是我阿姨。抱歉，我得看一下內容。」

我說了一聲之後打開簡訊。天啊！環阿姨的長篇內容占滿了畫面：鈴芽，我雖然不想被妳嫌囉唆可是我想了很多還是希望妳能夠了解所以要寫在這裡／希望妳能夠把它讀完／首先我希望妳了解妳還只是個孩子，也就是未成年／我雖然覺得妳是很可靠的孩子，但是一般來說十七歲在經濟方面或身體方面都還只是孩子／妳是未成年，雖然妳可能也有很多想法可是我是妳的監護人——叮咚。

「哇！」

還有，我並不是在生氣／只是既困惑又擔心／妳為什麼完全沒有任何前兆就突然想要去旅行／為什麼要去愛媛／妳之前從來沒有提過，而且我認識的妳未必會——

「唉～」

我把手機翻面，像是要封印般放在榻榻米上。明天再讀吧。

「真是的，她怎麼不快點去找個對象談戀愛！」我忍不住抱怨。

「妳阿姨沒結婚嗎？她幾歲？」

「大概四十歲吧——」我想起上上個月舉辦過慶生會。每年我唱生日快樂歌的時候，環阿姨都會哭。

「她其實長得很漂亮，是個大美女。」

我想起她愛哭的一面，還有美麗的長睫毛。我用筷子夾起里芋，放入碗裡。

「我們家只有我們兩個人，阿姨就是我的監護人。」我把里芋和飯一起放入嘴裡。

「妳的家庭狀況很複雜嗎？」

「沒這回事！」我吞下很入味的里芋。「不過我最近開始覺得，也許是我奪走了阿姨寶貴的時間。」

「什麼？」千果噗哧地笑了。「這種話是前男友說的吧？」

「咦，說得也是！」沒錯，聽她這麼說，的確是這樣。我的心情頓時變得輕鬆。我也笑著說：

「真希望她趕快脫離小孩獨立！」

註9：日本的味噌以使用米麴與大豆的米味噌較多，麥味噌則使用麥麴與大豆，味道通常較甜。四國愛媛縣也有完全不使用大豆的麥味噌。

「沒錯！」

糟糕，這些話都被草太聽到了——直到吃完點心的橘子果凍之後，我才想到這一點並流下冷汗。

晚餐後，我和千果一起到廚房，向她的家人道謝，感謝他們讓我住在這裡（跟千果很像的雙親笑著說，這就是我們家平常提供的服務）。我幫忙千果洗大量碗盤，然後拿刷子刷浴室地板。工作時千果問我：「鈴芽，妳有沒有跟男生交往過？」我老實回答從來沒有，千果便愉快地抱怨說，「這樣就對了，男生都不是什麼好東西」。千果有個剛開始交往的男朋友，據說那個男友自己連LINE都很少回，卻常常吃醋，而且動不動就主張要去兩人能夠獨處的地方，而實際上這一帶處處都是沒有人跡的地方，所以讓千果很傷腦筋——千果述說這些煩惱的時候，看起來喜孜孜的。工作結束後，大家一起喝千果母親泡的冰花茶，我們繼續有說有笑，直到將近深夜兩點，兩人才進入並排鋪在房間的棉被裡。

「——今天多虧鈴芽，我才會去好久沒去的那個地方。」

千果似乎突然想起來，用夾帶氣音的聲音對我說。

「咦？」

「我上的國中就是在那裡。」

她指的是那間成為廢墟的學校。我的心跳不由自主地加快。千果以平靜的聲音繼續說：「幾年前土石流之後，整座聚落甚至學校都被遺棄了。」

我無法回應。

「鈴芽。」千果的聲音很溫柔，但也包含著某種明確的決心。

「妳到那裡做什麼？為什麼會滿身泥巴？妳拿的那張椅子是什麼？還有——」

盯著天花板的千果轉向我。

「妳到底是何方神聖？」

「啊……」

房間裡的電燈已經熄滅。放在枕邊的燈籠透著和紙的微弱光線，將千果的大眼睛映照成黃色。在我後方的牆邊，草太以兒童椅的姿態靜靜地立著。我意識著背後的他，思索該如何回答。

「那張椅子——是我媽媽的遺物。不過現在……」

我該怎麼說？我能說什麼？我不想撒謊，可是……

「……抱歉，我沒辦法說清楚。」

我想了很久，但仍舊找不到適當的說法。原本默默看著我的千果表情突然變得和緩，吁了一口氣說：

「……畢竟鈴芽是魔法師，有很多祕密。」

她用玩笑的口吻說完，再度恢復仰臥的姿勢。她閉上眼睛，嘴角泛著溫柔的笑容說：

「不過不知道為什麼，我覺得妳好像在做很重要的事情。」

我忽然感到想哭。我無法靜靜躺著，便在棉被上起身。

「謝謝妳，千果。嗯，沒錯，一定是很重要的事情。我也這麼想！」

我是在告訴後方牆邊的草太。你在做很重要的事。在沒有任何人知道的情況下，和沒有任何人看見的東西戰鬥。我想起在那座廢墟為了關門而孤獨戰鬥的身影。雖然只是短短一天前，但感覺好像是很久以前了。在那之後，我搭船渡海，因為你而被誤認為是魔法師，不過也多虧你，我也得到了很重要的東西。

「少在那裡自誇了！」千果又噗哧地笑了。我也跟著一起笑。今天我們相遇之後，不知道是第幾次像這樣一起咯咯笑了。

第三天

渡過海峽

「有些人真的很難叫醒……」

我用跟千果借來的梳子梳理睡亂的頭髮，嘆著氣抱怨。

「誰？妳的男朋友？」

「我說過我沒男朋友了！我是在談普遍的現象。」

我雖然憧憬像千果這樣清爽的短髮，不過小時候媽媽稱讚我頭髮的記憶多少形成阻礙，讓我無法下定決心剪頭髮。

「這種時候啊——」在一旁刷牙的千果咕嚕咕嚕地漱口，然後得意地說：「親一下就會醒來了！」不論什麼狀況，她都能扯到自己的戀愛，讓我不禁感到有些佩服。

千果對我說：「我得準備去上學，要先沖澡才行。鈴芽，妳趕快去吃早餐！」於是我到餐廳，享用又是非常豐盛的早餐。用餐時，同桌的千果弟弟突然驚訝地喊：

「你們看！這傢伙實在是太強了！」

聽他這麼說，我也轉向電視上的晨間報導節目，然後在吞下飯的同時倒抽一口氣。畫面上是白色的巨大吊橋，跑馬燈寫著：「明石海峽大橋上出現一隻貓！」攝影機聚焦這座橋放大，可以看到一隻白色小貓輕快地走在大橋的粗纜線上。播報員以報導無害溫馨新聞的語調說：

『這隻小貓不知道是從哪裡上橋的，大大方方地走在吊橋上，網路上也有人上傳行車記錄器拍到的影像，引起很多人討論——』

「草太，你快看，是大臣！」

我跑回房間，拿起兒童椅上下搖動。

「喂，拜託，你該起床了吧！」

今天早上也跟昨天一樣，不論我叫幾次，都只得到體溫和細微的睡眠呼吸聲的反應，草太完全不肯起床。我不斷搖他、敲他，放在榻榻米上鬆開手。椅子就像無生命物質般「喀噠」一聲倒在地上。這樣不行。

「可惡！」

親一下就會醒來了——我忽然想起千果得意的聲音。我心想，或許那不是炫耀，而是某種提示吧？或許只有無知的我不知道，其實那是叫人起床的實用小技巧？我用雙手抓住椅子的座面，將嘴唇接近草太的臉（當作是臉的椅背）。我一邊接近，一邊想到這是第一次。我緩緩閉上眼睛。這是我的初吻——

「……等等，他又沒嘴巴。」

我張開眼睛喃喃自語。這怎麼可能是實用技巧！

「鈴芽？」

草太突然說話。我把臉移開，草太也倒退兩步。

「早安……怎麼了？」

聽到他以平淡的聲音詢問，我忽然好像被熱風吹拂般雙頰發燙。

「……你還問怎麼了！」

我粗暴地操作手機。

「你看這個！大臣出現了！這傢伙到底想幹什麼？」

好不容易叫醒的兒童椅，盯著以輕盈步伐走在吊橋上的貓。一大早就讓我看到什麼怪現象！草太像是要安撫我的怒火般，以冷靜的聲音說：

「反覆無常是神的本質——」

「神？」

「渡過明石海峽大橋，就是神戶了。我們也得趕快——」

『鈴芽，妳差不多要出門了吧？』

千果敲門，在房間外面呼喚。

『妳已經換衣服了嗎？』

「嗯，比我穿更適合！」千果說完，像我們剛見面的時候那樣，把我從頭到腳打量一番。我穿著米色的褲裙，上半身是白色T恤和寬鬆的牛仔外套。兒童椅跟洗好的制服一起放在大型肩背運動包中。順帶一提，睡亂的頭髮怎麼樣都無法弄得服貼，於是我就綁成一條麻花辮，垂在一邊的肩膀上。千果很滿意地點頭，說：

「穿著制服手裡只拿著椅子，一定會很引人注目。衣服和包包都送給妳。」

「千果……」面對她極為自然的體貼心意，我不禁感到鼻子酸酸的。「我不知道該怎麼謝謝妳……」

「不用謝了，一定要再來見我喔。」

穿著水手服的千果這麼說，然後在民宿的門口擁抱我。

「嗯……我一定會再來！」

我吸著鼻涕，同樣地用力擁抱已經成為摯友的她。在跟她道別之後，我走了快一個小時，忽然聞到衣服上飄散的柑橘類清爽香氣，想到這是千果的氣味，內心便有些感傷。

＊＊＊

「不能搭公車去嗎？」草太抬起頭，用相當擔心的聲音問。

「……下一班公車要等到六小時之後。」我看著貼在牆上的褪色時刻表回答。「嘩啦啦！」我聽到很大的水聲抬頭一看，原本應該是堆積在鐵皮屋頂上的樹葉被水沖下來。我們被濃密的雨水氣味包圍，在幽暗狹小的候車亭，以絕望的心情望著外面的雨。

我們和千果道別後下了山，來到車流還算多的路上，首先嘗試搭便車。我用手機確認過，這裡距離電車車站很遠，而且要前往目的地的神戶，最短的路線還是開車。我站在紅色彼岸花叢生的田地旁的道路，朝著駛來的汽車戰戰兢兢地豎起大拇指。被五台左右的汽車忽視之後，草太從包包裡對我說：「鈴芽，妳要表現出更強烈的意願才行，像是大動作揮手之類的。」我回嘴說：「如果椅子來揮手的話，大家一定會嚇得停下來吧？」不過仔細想想，如果有人看到像我這種怎麼看都是十幾歲的女生而停車，那或許是不應該搭的車吧？我正開始這麼想，天空突然出現閃電並下起大雨，我們便衝進附近的公車候車亭。

「——鈴芽。」

當我在候車亭的長椅上昏昏欲睡，想著雨蛙的合唱好像真的在為下雨感到高興，草太突然以平靜的聲音對我開口。他的聲音壓得很低，彷彿是顧慮到雨聲。

「什麼事？」

「……這張椅子是妳媽媽的遺物嗎？」

「啊……嗯。」

雨蛙的叫聲當中，穿插著汽車駛過溼溼的道路發出的「唰～」的聲音。公車站前方的縣道雖然不時有汽車經過，不過完全沒有路過的行人。

「為什麼只有三支腳？」

「喔……那是小時候的事情，所以我不太記得了。」我忽然想到，探索遙遠的記憶，感覺就好像在某個人的夢裡；世界被稍微不一樣的規則支配，無法順利前進。

「以前我大概還在上幼稚園的時候，弄丟過這張椅子。我當時到處找，找到的時候……好像就缺了一支腳。」

「那是——」

這時突然傳來汽車接近的聲音，蓋過草太的聲音。這是剛剛經過的汽車沿著同一車道倒車回來的奇妙聲響。我連忙抓起想要從小屋探出身體的兒童椅，看到一台藍色休旅車真的倒車回來，打著方向燈停在我們面前。映著下雨天空的側面車窗發出細微聲響降下來。

「妳要去哪裡？」

在駕駛座說話的，是個戴著淺色太陽眼鏡、一頭微捲栗棕色頭髮的女人。「坐在那裡，公車也不會來唷。」

汽車內部會帶有各個家庭的氣味。自稱「琉美」的這個人車上，帶有些許令人聯想到夜晚城市燈光的成熟香水氣味，以及烘焙點心般令人懷念的甜味。我感覺好像突然闖入陌生人家裡般不自在，望著微微發光的雨天風景，望著滑落擋風玻璃的雨滴，偷偷望著握住方向盤的白皙豐滿的手指，然後再度把視線移回擋風玻璃的雨滴。女人對我說：

「我看到妳坐在早就停駛的公車站候車亭，當然會在意囉。話說回來，真羨慕妳，可以一個人旅行。到神戶之後，載妳到市區就行了嗎？」

「啊，是的！」我緊張到聲音不自然地拉高。

「妳說妳叫鈴芽吧？」

「是的！」

「我剛剛帶這些小鬼去見住在松山的外婆——」

她說完瞥了一眼安裝在後照鏡旁邊的寶寶後視鏡。鏡中映著後座的兩張兒童安全座椅，以及坐在各自椅子上的兩個小孩子。兩人看上去的年齡和臉蛋都一模一樣，以格外認真的表情在睡覺。

「他們是雙胞胎，四歲，叫小花和小空。」

「哇……是雙胞胎呀。」

「他們很調皮，每天都像是在打仗一樣。」女人笑著說，「我們也剛好要回神戶，所以說妳很幸運。」

「是的！多虧您的幫忙！」

我深深低頭，女人便發出愉快的呵呵笑聲，說：

「妳不用這麼緊張，放輕鬆吧。我又不會把妳吃了。」

我看到在淺色太陽眼睛後方溫柔地瞇起來的眼睛，暗中鬆了一口氣。我重新偷偷瞥了一眼開車的人。她穿著寬鬆的芥末色上衣，從荷葉袖露出來的肌膚白皙到好像沒曬過太陽，全身帶有柔軟的圓潤度。戴在脖子和手腕上的細細的金色首飾，和她的白皙與圓潤度很相襯。我在心裡想，這個人感覺滿性感的。她的年紀大概比環阿姨小一點，雖然很美豔，但也給人沉穩可靠的感覺——我想到這裡時，聽見後方傳來「滋——」的聲音，便回頭看。

「啊！」

兩個雙胞胎不知何時睡醒了，正緩緩打開我放在兒童安全座椅之間的包包拉鍊（琉美要我把它放在後座）。包包完全打開，露出椅子毫無防備的臉。

「媽媽，這裡好像有什麼東西！」

「有什麼東西！」

雙胞胎從兩側不停摸著草太的臉喊。哇——我在內心發出叫聲。草太任憑他們擺布，左右搖晃。

「住手！」琉美瞪著寶寶後視鏡怒吼。「不要亂動姊姊的東西！」

「好～」兩人宛如條件反射般回答。琉美對我說「真抱歉」，我便擠出僵硬的笑容說「啊，不會，沒關係」。我回頭看後面，看到雙胞胎幾乎要把臉貼在椅子上，凝視著草太。哇～

「……真是的，兩個小鬼一直在看。」

「那個……那只是很普通的兒童椅……」

「這樣啊……」琉美看了我一眼，又注視後視鏡。「他們還在看。」

忍耐點，草太——我看著果不其然又在亂摸椅子的雙胞胎，只能在內心聲援他。

車子不停地行駛在山間的高速公路，穿過好幾條隧道，過了好幾座橋。天空逐漸變得明亮，接著又暗下來；雨勢時而變成毛毛雨，時而變大。過了一陣子，雙胞胎再度沉睡。我一再搜尋社群網站，但是沒有看到有人上傳大臣後來的行蹤。不久之後，吊橋型的大鳴門橋宛若切開綠色風景般出現在前方。海面被白霧籠罩，讓橋看起來好像架在空中一般。車子宛若滑行般行駛在橋上，進入淡路島，接著又再度回到山巒與隧道持續出現的景象。不久之後，從雲層間透出好幾道光線，使周圍的綠葉閃閃發光。最後車子總算開上今天早上在電視上看到的那座大橋。明石海峽大橋的巨大尖塔沐浴在陽光之下，讓我看呆了片刻。海面也反射著大量陽光，看起來就好像無限延伸的蔚藍地毯。我打開地圖。我們過了四國，眼前就是神戶市。我打開從昨天到現在的軌跡紀錄，把地圖縮小到顯示三分之一的日本列島，得出距離家裡有五百八十八公里。離家越來越遠帶給我無所依靠的不安，但也因為自己來到這麼遠的地方而興奮；兩種心情摻雜在一起，使我的心跳加速。就如在遊戲中進入新的階段，過橋之後出現在眼前的，是被密集的建築覆蓋的土地。

「小心點！不要灑出來！」

我們在市區買了得來速的漢堡，在停在停車場的車內吃遲來的午餐。

「你們不要把椅子弄髒！」

「知道了！」「我知道！」

對於琉美的責罵，後座的雙胞胎總是不等她說完就搶先回應。我在前座一邊咬著漢堡，一邊提心吊膽地觀望。草太已經被拿來當成雙胞胎的桌子，而雙胞胎不意外地掉下許多麵包屑、沾了美乃滋的生菜、散落的油膩薯條。姊姊幾乎是用丟的，把裝滿柳橙汁的紙杯放到椅子上。哇，會倒下來！——就在我這麼想的瞬間，兒童椅「喀噠」一聲自己取得平衡，使紙杯穩住沒有潑出果汁。

「啊……」

草太，你在做什麼！——我不禁在心中大喊。雙胞胎疑惑地注視著椅子，接著弟弟同樣地把裝了柳橙汁的紙杯丟下去。椅子又跳動了一下。紙杯輕輕彈起，畫了半圓，沒有倒下，安穩地落在椅子上。雙胞胎以更加詫異的表情看著椅子。草太若無其事地沉默不語。哇～這個人根本就在玩！

「咦？我以前都沒有發現。」

旁邊駕駛座上的琉美突然說。

「什麼？」

「原來從這邊可以看到那間遊樂園。」

「遊樂園？」

「嗯，在那座山那邊。」

我往她的視線方向看過去，看到在大樓與電線桿後方的山上，有一個小小的摩天輪剪影。小小的曲線和神戶華麗而洗鍊的街景感覺很相襯。

「那裡剛開幕的時候真的很熱鬧。我小時候也常常跟著大人一起去——」

琉美咬了一口漢堡，瞇起眼睛說。

「後來遊客越來越少，遊樂園就在十年前左右結束營業了，可是因為連撤走的錢都沒有，現在那些設施就荒廢在那裡。從市區的很多地方，都可以像這樣遠遠看到，每次看到都會覺得有些感傷。」

琉美說完，喝了紙杯中的可樂，接著又像是在自言自語般低聲說，最近像那樣冷清的地方增加了。冷清的地方——我重複念了一次，忽然想到，在這六百公里的路上，我看到的不都是這樣的地方嗎？

「叮咚」——手機響了。我反射性地想到「糟糕，是環阿姨」，不過響起的卻是琉美的手機。她操作固定在方向盤旁邊支架上的手機，無奈地喊：「什麼？真糟糕！」

「怎麼了？」

「原本要帶他們去的托兒所因為臨時有人發燒，今天沒有開——喂！」

琉美突然朝著寶寶後視鏡怒吼。

「哇！」

雙胞胎原本在草太身上疊起漢堡空盒、紙杯、塑膠容器等，像是在玩疊疊樂，聽到吼聲連忙正襟危坐。「真是的！」琉美邊嘆氣邊重新檢視手機。

「……我得去顧店，必須找人來幫忙帶這兩個小孩……啊！」

琉美以靈機一動的表情看著我。

「咦？——不會吧！」

我指著自己喊。

四個人的回憶

「呃～那麼，要玩什麼呢？」

「做菜！」

「我要煮咖哩！」

雙胞胎——姊姊小花和弟弟小空——不等我說完就立刻回答，彷彿在宣告：我們知道所有好玩的事情，接下來就要逐一執行。琉美的家在老舊的拱廊商店街角落，我們此刻在二樓的兒童房，而琉美則在樓下的店裡準備開店。雙胞胎以熟練的動作把塑膠蔬菜一一放在桌上，握起塑膠菜刀。小花喊：

「預備——開始！」

咚咚咚咚咚！兩人以驚人的氣勢切蔬菜。玩具蔬菜的剖面是魔鬼氈，每當被菜刀切開就會彈出去，不停地打在我的臉上。「哇～」我只能努力防禦。「咖哩做好了！」小空喊。

「開動！」

兩人不約而同地「喀茲」咬下塑膠蔬菜。「哇啊啊！不能吃！」我拚命阻止他們。

「接下來是這個！」先前的遊戲似乎已經告一段落，小花迅速地把盒裝面紙遞給我。

「啊？」

「先抽完的人贏！預備——開始！」

姊姊喊完，雙胞胎各自「咻咻咻咻」地抽出盒子裡的面紙。白色的面紙在房間裡四處飄舞，宛若從巨大拉炮射出來的紙片。哇～

「不、不行這樣喔！」我拚命阻止他們。

我收拾散落在房間裡的未使用面紙，為了恢復原狀正在一張張折起來時，小花又把手放在我的背上說：

「姊姊當富士山！」

「什麼？」我被安排站在房間中央。小空喊：「預備——」我產生不好的預感。

「開始！」

兩人朝我猛奔過來，把我的身體當成山爬上來。小花踩在我的腰骨，小空抓住我的右肩，接著小花又不服輸地把腳跨在我的左肩，兩人同時抓住我的頭。哇～我為了避免跌倒努力穩住下盤，兩人則得意洋洋地站在我的雙肩。

「呼，呼，呼……」

當我氣喘吁吁地雙手雙腳貼在地上，雙胞胎仍舊像永動機般在我周圍繞圈圈，嘴裡喊著：「等一下！等一下！」

「我大概不適合帶小孩吧……」

我不禁喃喃自語，這時其中一人把我的背當跳箱跳過去，另一人追過來，把我的背當跳板踩上來。我發出被壓扁的「嗚」的聲音。

「——看不下去了。」

我聽見上方傳來聲音，驚訝地抬起頭，看到放在桌上的運動包在蠕動，接著兒童椅就跳到地板上。

「咦？」

雙胞胎停止動作，瞪大眼睛盯著直立在地板上的兒童椅。

「等……！草、你——」

我想說「等等！草太，你想幹什麼？」，卻因為太過震驚而無法順利發聲。草太在我眼前緩緩地開始走動。

「你……你們看，很厲害吧！這是做得很棒的玩具喔！」

我豁出去喊。草太停在小花面前，宛若童話故事中的忠實白馬，默默地彎下腳傾斜座面。小花像是被吸過去般坐上椅子。接著兒童椅像馬一樣誇張地抬起前腳，彷彿在嘶叫，然後載著小花開始前進。很快地，雙胞胎就發出「哇哈哈哈」的歡笑聲。

「接下來輪我！我也要！」

小空追著小花喊。兒童椅輪流載著雙胞胎，在房間裡不停地繞圈圈。兩人不斷發出高興的叫聲，彷彿沒有比這個更快樂的事情。我心想，草太該不會喜歡小孩子吧？我看著椅子有節奏的行進姿態，內心也跟著興奮起來。

「草太，接下來輪我！」

「妳不行！」

「椅子說話了！」

糟糕——我們都沉默不語。椅子停下來，小花戰戰兢兢地起身。糟糕，我拚命思索該說什麼。

「呃，很厲害吧？這是搭載最新AI科技的椅子型機器人……吧？」

不對，這個說法太牽強了。我越說越沒自信，句尾變得含糊不清。不過——

「它叫什麼名字？」

小花以興奮的眼神問我。

「啊？呃，草、草太……」

「草太！哇啊！」

雙胞胎似乎也聽過AI，趴在地上爬到椅子前面。

「草太，明天的天氣怎樣？」

「草太，你可以放音樂嗎？」

「草太，你會玩接龍嗎？」

「草太，今天的股市怎麼樣？」

雙胞胎就像在對Ｓｉｒｉ說話般，爭先恐後地提出要求。我連忙說：

「呃，草太沒那麼聰明！」

「鈴芽，妳說什麼！」

草太喀噠喀噠地走向我質問。雙胞胎喊：「它又說話了！」不知不覺中，兒童房的窗外已經完全天黑了。我看著在房間裡滾來滾去嬉戲的雙胞胎和椅子，不禁想到，再過幾年，當兩個孩子長大之後，他們記憶中的這一天會是什麼樣子？當他們到我的年紀，會怎麼回憶起這一天？是兒童時期常出現的幻想，或是到現在已經無法說明的奇妙現象？幼年的記憶，有一天或許會變換為褪色而模糊的夢。但不論那是什麼樣的形態——我希望這一天在他們的記憶中，是「四個人」一起玩的回憶。

◆◆◆

這是我後來才知道的——環阿姨決定到神戶（最後是到東京）來找我，剛好就是在我照顧雙胞胎的時候。

「……離家出走？」這天在拜訪過值班漁民的家、回到漁會辦公室的車上，駕駛座的阿稔喃喃地說。他斜眼瞥了從兩天前就沒有精神的環阿姨，似乎想要為她打氣，便以開朗的口吻說：

「不過我記得自己小時候也做過同樣的事。那個年紀的小孩，都會覺得鎮上和家裡很拘束吧？所以——」

「不要跟你相提並論好嗎？」

環阿姨用冷淡的聲音打斷阿稔的話。阿稔的笑容僵在周圍長出鬍渣的嘴巴上，帶著歉意小聲地說：「也對……」真可憐，他到現在還不知道該怎麼跟環阿姨相處。尤其是在跟我的關係方面，很容易踩到環阿姨的地雷。「唉！」環阿姨很大聲地嘆氣。她寄給我的ＬＩＮＥ訊息遲遲沒有出現已讀標記。「那孩子究竟打算要去哪裡？有什麼不滿？我問了好幾次，她都只是迴避話題……連今晚要住在哪裡都不肯告訴我！」環阿姨這段話如果是自言自語未免太大聲，如果是發牢騷又未免不夠體諒對方。

「那個……妳檢查過手機ＧＰＳ嗎？」

「什麼？」

「呃，比如說年輕情侶常常用的那種、可以掌握彼此在哪裡的APP之類的。」

「我沒有下載那種東西。」

「這樣的話——」阿稔思索各種點子。他對環阿姨的心意，除了環阿姨以外大部分的人都能察覺。「啊！可以檢查戶頭嗎？就是鈴芽行動支付綁的帳戶……現在應該都用行動支付吧？」

阿稔把車開進港口的停車場，拉起手剎車，然後詢問一直在滑手機的環阿姨：

「……怎麼樣？」

「她跑到神戶去了。」

環阿姨盯著發光的螢幕回答。螢幕上顯示我這三天使用的金錢明細：渡輪的票、在自動販賣機買的麵包、在愛媛各地車站買的車票、神戶市區的漢堡。因為阿稔多事的一句話，害我的行動履歷完全被環阿姨掌握。

「神戶！那還真遠……」

「我不能讓她繼續一個人亂跑。」

環阿姨斬釘截鐵地說。港口路燈藍白色的光線勾勒出她姣好的側臉輪廓。阿稔懷著決定告白的心情（明明就是白費工夫），開口說：

「那、那個，如果有任何我能幫上忙的地方——」

「阿稔。」

「在！」

「我明天開始要請幾天假。很抱歉在這麼忙的時期請假，不過可以請你幫我顧兩、三天的工作嗎？」

「啊……那要不要我也一起請假……」

「為什麼？」環阿姨總算把視線從手機移開，瞪著阿稔說：

「這樣根本就失去意義，你必須上班才行。」

「也對……」阿稔沮喪地回答。對我來說，此時的阿稔是個空忙一場又只會妨礙我的沒用歐吉桑（他還喜孜孜地說「被那麼漂亮的人瞪，讓我害怕到全身顫抖」，感覺好危險），不過光是憑他不論何時何地都希望環阿姨幸福這一點，我還是會想要支持他。

◆◆◆

「鈴芽，妳可以來一下嗎？」

琉美大聲呼喚我。我下樓看到她在後場狹小的廚房等我。她穿著鮮紅色洋裝，頭髮燙捲，露出脖子，臉上的彩妝宛若在白皙的肌膚上綻放花朵，睫毛往上翹起來，嘴唇上塗滿光澤亮麗的深色唇釉。

「哇，琉美好漂亮！」

我不禁看得目瞪口呆。

「呵呵，好像變了一個人吧？」琉美高興地笑了，接著又指著樓上問：「小鬼他們不要緊吧？」

「嗯，他們玩得很開心，現在已經累到睡著了。」

雙胞胎從兩側緊緊抱住草太，在兒童房睡得很熟。

「那麼妳可以來這邊幫忙一下嗎？店裡難得會來這麼多客人。」

琉美邊說邊回到簾子的另一邊。我連忙追上去。

「——哇啊！」

大約二十個榻榻米大的店內已經坐滿了客人。吧台有一群中年歐吉桑在聊天，兩張餐桌的座位上則有大概剛下班的男女熱鬧地乾杯，在店中央沙發座位的一群人當中，鬆開領帶、喝到臉紅的歐吉桑正在唱卡拉ＯＫ。天花板上亮晶晶的玻璃球在旋轉，將色彩繽紛的軌跡投射到四面八方。這是我有生以來第一次看到所謂的小酒館。琉美是商店街角落的這家小酒館店主兼媽媽桑。

「咦？這個女生就是來幫忙的嗎？」

「沒錯！」琉美回答。

「什麼？」

琉美不負責任地興沖沖跑到客人那裡，留下一名黑長髮藍色洋裝的大姊姊待在吧台，以不安的眼神看著我。我當然沒有化妝，身上穿著千果給我的褲裙和褪色牛仔夾克，一副十幾歲女生放假時的打扮。

「……妳不用去招呼客人。」

「……好的。」

她雖然這麼說，不過對於沒有打工經驗的我來說，接下來的工作簡直就要忙翻了。在客人一再輪替、並且持續客滿的店內，工作人員只有琉美、黑髮姊姊和我三人。我拚命地洗很快就不夠用的杯盤，不停地把下酒菜套餐的鮪魚糖放到盤子裡，從毛巾加熱箱拿出溼毛巾時差點被燙到，被命令「去拿葡萄酒杯」的時候也無法分辨玻璃杯的種類，在距離三公尺的後場與吧台之間來回無數次幾乎快要哭出來。我覺得自己就好像突然被丟進洗衣機不停旋轉。在這段期間，有許多客人唱了許多歌，其中沒有一首是我聽過的。他們唱的似乎都是昭和歌謠，聽到「彼此相視產生的雷射光，在夜空中畫出戀愛的圖案（註10）」這樣的歌詞，我會驚訝地想「這是什麼戀愛？」，聽到「俺討厭這樣的村子，俺要去東京，到東京養牛」，我會不解地思索「這是什麼意思？」，聽到「都是你害我喝太多」的歌詞，就會覺得未免太欠缺自我防衛意識了。基本上，我並不是很清楚小酒館是什麼樣的地方，不過來到琉美的店裡大聲唱歌說笑的客人，每個看起來都打心底感到開心。

「唉呀，哪裡來的年輕女生！」

當我在吧台角落忙著折溼毛巾時，一名穿著豹紋襯衫的歐巴桑對我說話。

「跟阿姨一起喝吧！」

「還是跟叔叔一起唱歌吧！」

一名理平頭的歐吉桑從旁邊插嘴。歐巴桑說：「你又想對年輕女生出手！」歐吉桑就回她：「別這麼說嘛，嘿嘿。」兩人的對話好像夫婦相聲。我心想好像有點麻煩，正不知該怎麼回答，黑髮姊姊便大步走過來，一手拿著酒杯說「唉呀好開心，請我喝一杯吧」，然後和歐巴桑互敲酒杯。

「哇，美紀，妳好強硬。真拿妳沒辦法！」

「算了，美紀也可以。」

「什麼叫『也可以』？我要點一整瓶喔！」

這家店唯一的女服務生美紀笑著回答，並對我眨了眨眼。過了片刻，我才理解到她是在替我解除危機。我開始看出大人交際時的寬鬆規則。喝醉、唱歌、大聲發牢騷、裝出不在意他人眼光的態度，不過還是存在著人與人之間的關懷——我慢慢覺得，也許我滿喜歡這個地方的。

「唷，大爺！」

店內的沙發座位突然湧起鼓掌聲。「謝謝大爺請客！」男男女女的歡呼聲此起彼

註10：此為鄉廣美（郷ひろみ）於一九八四年推出的單曲〈2億4千万の瞳（兩億四千萬隻眼睛）〉的歌詞，而後依序出現為吉幾三於一九八四年推出的〈俺ら東京さ行ぐだ（俺要去東京）〉、一九八六年一開始作為腸胃藥廣告歌曲推出的男女對唱曲〈男と女のラブゲーム（男女的愛情遊戲）〉。

落。我不經意地往那邊看，不禁懷疑自己的眼睛。

「大爺真慷慨！」「不愧是大爺，謝謝大爺請客！」

端坐在眾人圍繞歡呼的場子中央的，正是大臣——那隻小白貓。大家紛紛對貓說話：「大爺不喝嗎？」「不愧是大老闆，最近賺很多吧？」我難以置信地脫口而出：

「不會吧？」

「呃，那個，抱歉。」我走近坐在吧台的美紀，把嘴巴湊到她耳邊說：「美紀，坐在那個座位上的——」我想要說「是貓吧」。

「嗯？」美紀回頭，跟著我往那邊看。

「哦，他是第一次來的客人。」

「客——人？」

我不禁重複一次。美紀笑著說：

「他雖然很文靜，可是立刻就跟常客打成一片，出手很闊卻不失氣質。」

「呃……呃～妳不覺得他有點像……貓嗎？」

我戰戰兢兢地詢問。大臣坐在沙發座位的中心，抬起一隻腳在舔胯下，怎麼看都是一隻貓。

「貓？是嗎？」美紀臉頰微微染紅，露出陶醉的表情說，「他感覺很沉穩又迷人吧！」

天啊～她到底看到什麼東西？那隻貓在舔胯下的毛耶！

「——啊！」

大臣抬起頭，跟我四目相交。雙方有一瞬間僵住，這時隨著「叮鈴」的聲音，酒館的門打開，大臣便跳了起來。琉美像唱歌般喊「歡迎光臨～」迎接新客人，在此同時白貓也飛奔出去。

「呃，抱歉，我要出去一下！」

「怎麼了？鈴芽？」

「對不起！」我說完也跑到店外，站在店門口環顧幽暗的商店街。我看到白色的影子快步沿著一條黑暗的巷子遠離。

「草太！」

我抬頭仰望小酒館的二樓大喊。

「大臣出現了！」

草太連忙從兒童房的窗戶探出頭。我為了避免讓大臣跑掉，不等草太就衝入巷子裡。老舊的商店街上沒有行人也沒有燈光，感覺有些異國氣氛，讓我忽然覺得好像跑在陌生的夢裡。白色的影子每到轉角就若隱若現，不久之後我們穿過有屋頂的拱廊，來到夜空之下的道路。

「——你到底想幹什麼？」

大臣在幾公尺前方的柏油路上，突然停下來悠閒地整理毛。我無法捉摸他的意圖，隔著一段距離瞪著他。

「鈴芽～」

貓抬起頭看我，用聽起來很高興的稚嫩聲音說話。

「妳好嗎？」

「啊？」

大臣躺下來露出肚子，一副想要讓我摸的樣子。牠繼續舒服地在地上打滾，然後轉換成腹部朝下的姿勢，舉起前腳指著天空。

「妳看！」

「咦？」

我抬起頭。我內心的聲音又在對我說：妳早就知道了吧？我聞到甜膩的腐臭味，而且從剛剛就感覺到好像有東西在地底大舉移動的不舒服感。

「蚯蚓……！」

在屋簷低矮的住宅區後方、看起來沒有很遠的山上，紅黑色的蚯蚓開始升起。蚯蚓以夜空為背景，散發著比之前更詭異的光芒。這時從背後傳來木頭踩在柏油路上的「喀噠喀噠」聲。

「大臣！」

草太像隻全力奔跑的狗，邊喊邊跑過來。大臣無言地逃走，往蚯蚓的方向奔馳。

「鈴芽，我們得去那裡！」

「嗯！」

草太還沒說完，我也開始奔跑。

進不去的門，不該去的地方

靜謐的住宅區街道逐漸變成上坡，不久之後就成為沿著山坡左右蛇行的道路。我和草太並肩向前跑。有好幾台車駛過我們旁邊，也有幾個路人驚訝地看著我們，但我沒有把視線從蚯蚓移開。大臣的身影已經在途中消失了，不過反正目的地是一樣的。我們必須盡快前往蚯蚓的底部。當兩側的屋子逐漸減少，漆黑的樹木後方的摩天輪輪廓變得格外巨大。蚯蚓正從那裡升起。

「是那座遊樂園——」

拱門入口的前方擺了被雜草包圍的路障，在黑暗中也能瞥見一旁告示牌上寫著「閉園通知」、「感謝大家四十年以來的支持」等文字。草太穿過路障下方，我則像障礙跑選手那樣跳過去。園內矗立著各種形狀的遊樂設施，形成黑色的剪影，看起來就像一群巨人縮起身體在睡覺。它們的底部被茂盛的野草埋沒，柏油地面則處處斑駁並裂開。在默默沉睡的遊樂設施後方，一道鮮紅色的急流朝天空延伸。

「——摩天輪！」

我跑到旋轉木馬旁邊總算跪下來，氣喘吁吁地大喊。草太驚愕地接話：

「變成後門了……！」

從眼前的巨大摩天輪最下方的車廂門內，噴出蚯蚓的濁流。在深夜無人的荒廢遊樂園中，只有這個車廂小小的門，宛若被強風吹拂般孤獨地強烈搖擺。

「啊，草太，你看！」

在摩天輪最上方，停著一個像鳥的影子。那是——

「……大臣！」

草太壓低聲音說。大臣睜大圓圓的眼睛，陶醉地看著上升的蚯蚓激流。

「鈴芽。」草太盯著貓對我說，「我去抓住大臣，讓它恢復為要石。在這段期間，請妳——」

「好！」我把掛在脖子上的鑰匙從T恤抽出來。自從在愛媛關門之後，關門師的鑰匙一直由我保管。當時我能夠辦到，現在一定也可以。

「我會去關上車廂的門，把門鎖上！」

我們彼此相視，互相點頭，然後不約而同地往前跑。沒問題，我們一定能成功——這樣的感覺把更多空氣送到我的肺部。我的雙腳更強勁地在地面奔跑。

「啊！」

大臣發現我們，立刻又掉頭逃跑。他在助跑之後，從摩天輪上方往下跳——跳到雲霄飛車蜿蜒的軌道上。

「鈴芽，門就交給妳了！」

「嗯！」

跑在我旁邊的草太改變前進方向，往雲霄飛車跑過去。我獨自跑到摩天輪，跑上通往搭乘處的短鐵梯。狂暴的光之濁流從眼前生鏽的車廂噴發出來。我將雙手舉向前方，朝著那扇門衝過去。砰！我隔著薄薄的鐵製門板，直接感受到那個噁心的觸感，全身起雞皮疙瘩。即便如此，我仍舊咬緊牙關，拚命推門。我一口氣推了幾十公分，門又變得宛如岩石般僵硬，或是隨性地被強烈的力量推回來。我覺得好像有個不懷好意的傢伙，或是完全沒有思考能力的一團肌肉在門的另外一邊。閃耀著紅黑色光芒的濁流，將周遭的一切都染成混濁的夕陽色。從我腳底下傳來震動，彷彿地表本身在發出「咕嚕咕嚕」聲沸騰。但是我辦得到——我們一定能夠辦到。我堅定這樣的信念，用整個身體推門。

◆
◆
◆

在此同時，草太追著貓跑在雲霄飛車的軌道上。草太從剛剛就發覺到，跟前天、昨天比起來，現在他能夠用更大的力量奔跑。

「我的身體可以活動！」

他不禁喃喃自語。他可以感覺到，自己的內心、靈魂、全身上下的神經，都已經完全融入這個方方正正的小椅子裡。或許這是不祥的現象，但對於此刻的草太來說算是幸運。他像野生動物般，在人類身體的重量不可能到達的地方奔跑。他感覺重力彷彿變得很輕，能夠很穩健地奔上非常陡的軌道。地面越來越遠，接近滿月的月亮橫過視野。接著他看到在遙遠的下方軌道上，白貓正仰望著他逃跑。

「大臣！你今天一定要恢復──」

草太大聲吼。他可以感覺到自己一定能抓到白貓。

「──原本的模樣！」

草太用力踢了傾斜的軌道，跳到空中。緩緩旋轉並落下的椅子逼近貓。圓圓的黃色貓眼珠越來越近。當草太看到映在那雙眼睛當中的自己，旋即與大臣衝撞。雙方維持墜落的勁道，撞向設置在地面的小型變電設備，揚起枯葉與沙土。變電機受到衝擊，亮起燈並發出低沉的噪音，開始將低壓電流傳送到整座遊樂園。

◆ ◆ ◆

嗶——！

上方的擴音器突然響起警報聲。我驚訝地抬頭看摩天輪。這時周圍的燈光突然都亮起來，整座摩天輪都被色彩繽紛的光線照射。「嘰——」隨著巨大的金屬摩擦聲，車廂移動了。

「什麼？」

摩天輪緩緩地開始轉動，在我眼前的車廂也繼續吐出蚯蚓並向前移動。我被迫一邊推門、一邊和車廂一起前進。速度逐漸加快，我必須用跑的才跟得上。車廂當然也緩緩地開始上升。我為了不離開門，來不及思考就用右手抓住門上的把手。

「咦？」

我的身體被往上拉。想要關上門的心情和「這樣下去不妙」的警覺，讓我產生瞬間猶豫，就在這個瞬間，我的腳尖離開地面。

「不會吧！」

我嚇得無法動彈。地面轉眼間就越來越遠。我連忙用雙手握緊把手。此刻的我等於是掛在噴出濁流而劇烈震動的門上。不行，要跳下去已經太高了。我拚命抬起身體，把右腳尖踩在從車廂突出的狹窄踏腳處，左腳也勉強來到同樣的地方。蚯蚓的激流正從我的臉頰旁邊噴發。飛沫宛若四處亂濺的火花，卻沒有溫度與觸感。我用左手抓住車廂側面，右手以門為支撐，以抱著一半車廂的姿勢設法站起來。眼前是有裂縫的車廂窗戶。

「嗯？」

狹小幽暗的車廂內似乎有細微的光芒在閃爍。我仔細注視，看到那是——星星。車廂內有夜空。這時彷彿有人突然把光暈調大，星星的亮度開始增加。這是我熟悉的那片草原的星空，熟悉的那股情感宛若漣漪般湧上我的心頭。雖然悲傷，卻感覺很舒適；明明是陌生的地方，卻感到熟悉；明明是不能待的地方，卻想要一直待在那裡。

「媽媽……？」

草原的盡頭站著一個人。我看到被風吹拂的白色洋裝，以及柔順的黑色長髮。在那個人對面，有一個蹲在地上的小孩剪影。那是我。小時候的我面對著媽媽。沒錯，我們在星空的草原相逢。我彷彿被子彈打中般理解到：這是那場夢的後續。那是我不論如何渴望都無法實現的、一直埋在記憶深處的景象。媽媽手上拿著某樣東西遞給我，那是什麼？我凝神注視，但因為太遠而看不到。我得靠得更近才行。我把身體探到門內，進入蚯蚓的濁流中。這裡沒有任何溫度、刺眼光線或阻力，就只有透明而無重量的泥水。我低下頭穿過車廂小小的門，右腳踏到地板上——不，這裡是深厚而柔軟的草原。我在比剛剛更近的地方，看到媽媽與兒時的我。

「——」

這時我感覺好像從背後傳來某人的聲音，但我的視線被媽媽她們吸引。我往前踏出一步。那是什麼？媽媽要給我的東西是什麼？我又踏出一步。那是——

是椅子。只有三支腳的小小的手工製作兒童椅……椅子？好像有某樣東西觸及我的內心。我好像快要想起某件事。

「——」

誰？是誰從剛剛就在背後叫我？椅子。那張椅子是——

「鈴芽！」

我頓時張開眼睛。

「啊——！」

我發現自己正從小小的窗戶探出身體。眼前是山和夜空，底下是遙遠而幽暗的柏油地面。墜落的恐懼讓我反射性地縮回身體。我彷彿被潑了冷水般想起來，自己此刻是在上升中的摩天輪車廂內。草原和那兩人都消失了。

「鈴芽，快過來！」

我聽到聲音回頭。蚯蚓的濁流從車廂小小的出口朝外面噴發。從泥水之間，草太正拚命地把前腳往這邊伸過來。

「草太！」

我連滾帶爬地跪在地板上，伸出右手抓住草太的腳。草太以穩健的力量，把我從噴出蚯蚓的車廂拉出去。我的手腳接觸到摩天輪的框架。這裡已經接近旋轉的摩天輪最上方，我站在可以俯瞰神戶夜景的高度。

「鈴芽，快關門！」

「嗯！」

我踏在細細的鋼筋上，繞到劇烈震動的門的外側，再度開始推門。在我腳邊推門的草太力量比之前更大。車廂的門逐漸關上，蚯蚓的濁流被變窄的出口壓薄。

「誠惶誠恐呼喚日不見神！」

在草太的祝詞引導之下，我閉上眼睛。我傾聽昔日此地的歡笑聲。那裡剛開幕的時候，真的很熱鬧——我忽然回憶起琉美的聲音。每逢週末，周邊道路想必都會塞車，遊客為了搭乘卡丁車、旋轉木馬、以及這座摩天輪而大排長龍。我試著想像：大家為了摩天輪的高度、雲霄飛車的蜿蜒軌道、海盜船的加速度而驚嘆、興奮、發出尖叫、捧腹大笑。哇，好高！再去坐一次咖啡杯吧！不可以用跑的，很危險！第一次約會就來遊樂園，我們也真是沒創意。

「先祖之產土神！領受已久之山河，誠惶誠恐，謹此——」

我可以憑熱度感應到，胸前的鑰匙綻放出藍色光芒。仍舊閉著的眼瞼後方，開始浮現昔日遊樂園的景象。遊客臉上都帶著笑容，腳下的柏油地面塗成鮮豔的粉彩色，亮晶晶的遊樂設施上沒有任何生鏽痕跡。從女孩手中飄走的黃色氣球升到空中，就好像在藍天上切開小小的洞。「哇，飄走了。」女孩抬頭仰望天空，臉上卻沒有絲毫寂寞的神情。

「——就是現在！」

草太以劃破鄉愁的銳利聲音喊。

「奉還！」我邊喊邊把鑰匙插入發光的鎖孔中。

喀嚓——我感覺到門被鎖上，接著覆蓋天空的銅紅色的花爆開了。我感覺到空氣頓時變輕，彷彿沉重的蓋子突然被打開。過了幾秒，在夜晚仍綻放彩虹色光芒的雨水開始洗刷廢墟。不久之後，園內的燈光好似耗盡力氣般全部熄滅，周遭再度恢復為靜謐的夜晚。

嘎嘎！腳下的鋼筋突然發出震動全身的低沉聲響。

「哇、哇哇！」

我不禁抓住車廂。俯視下方，地面非常遙遠，融入黑暗當中。我覺得好像要被吸進去。我的膝蓋在顫抖。嘎嘎！腳下再度發出聲響。

「進去裡面吧。」草太以穩重的聲音說。我再度打開先前才關上的門，匆匆忙忙進入已經完全平靜下來的車廂內。關上門，原本在耳邊呼呼作響的風聲忽然減弱了。

「……剛剛好可怕～」

我就像關掉開關般雙腳失去力量，癱坐在車廂的地板上。我剛剛站在摩天輪的最上方——直到此刻，我才全身發抖，眼角滲出淚水。「嗚嗚～」我發出窩囊的聲音。草太忍俊不禁地笑出來。

「哈哈哈！鈴芽，妳太厲害了——謝謝。」

＊＊＊

窗外是神戶燈光璀璨的夜景。我重新眺望摩天輪的車廂內部，感覺不會太大也不會太小，就好像仔細計算過兩人在一起度過親密時光的最佳空間大小。我們坐在相對的塑膠座位，俯視緩緩接近的地面。草太告訴我，摩天輪即使遇到停電，只要裡面有人，就會因為重量而緩慢旋轉，回到地面。

我問他大臣怎麼了，他便苦笑說，又被那隻貓給逃了。他們一起從雲霄飛車墜落之後，草太把大臣壓制在地面，但是當他發覺到我掛在開始動的摩天輪上，就連忙跑過來。我對他說對不起，他笑著說，我沒有理由要道歉。他也很有自信地說，下次一定能夠抓到那隻貓。

「鈴芽——」草太朝著吹拂過來的晚風輕聲地說。

「嗯？」

「妳剛剛……在後門裡面看到什麼？」

「哦——」

我發覺到記憶急速變淡，就好像從夢中醒來之後。

「我看到很耀眼的星空、草原，還有……」

「那是『常世』。」草太驚訝地告訴我。

「什麼？」

「妳看得到常世……」

「『常世』是什麼？」

「這世界的反面，也是蚯蚓的住處。在那裡所有時間都同時存在。」

所有時間同時存在的地方。有一瞬間，我感覺到腦中深處有什麼東西吻合在一起，但是——那裡深到絕對無法觸及。

「……我雖然看得見，可是進不去。」

「常世是死者前往的地方。」

草太說完往窗外看，我也跟隨他的視線。在漆黑的大海之前，是宛若灑了一地星星的城市夜景；有格外明亮的工廠區，有光之塔般的大廈群，也有聚在一起閃爍的住宅。這些景象清晰到感覺很近，彷彿伸出手就能把一顆顆光之粒子放在指尖上。

「對於活在現世的我們來說，那裡是無法進入的地方、不該去的地方。所以幸虧妳沒有進去。進不去是很自然的。」

草太望著街景這麼說，不知為何聲音顯得有些悲傷。

「因為我們活在這裡——」

摩天輪發出巨大的金屬摩擦聲緩緩旋轉，不久之後夜景被從下方逼近的黑色樹影掩蓋，在樹葉之間閃爍了片刻。直到最後一顆光之粒子消失之前，我們都繼續靜靜地望著窗外。

夜晚的派對與孤獨的夢

該找什麼樣的藉口來解釋？也許還是別回去比較好？可是這樣未免太任性了。我腦中翻來覆去地煩惱了好幾輪，拿出手機檢視時間，看到已經深夜兩點便嘆息，不過還是再度深深吸了一口氣，然後打開小酒館的門。「噹啷～」門上的鈴鐺發出悠閒的聲音。

「啊，不良少女回來了。」

正在擦玻璃杯的美紀聽到鈴鐺聲抬起頭，面帶苦笑地這麼說。店內的燈光已經變暗，客人都走了，只剩下隱約的酒精氣味殘留在空氣中。原本趴在吧台的琉美緩緩抬起頭轉向我。

「……鈴芽！」

琉美站起來跑向我。我反射性地把拿著草太的手移到背後。琉美疲憊的表情刺痛我的心。

「妳到底跑到哪裡去了！」

「對不起，我——」

「這麼晚了妳突然跑出去，害我好擔心！」

「好啦，冷靜點。」美紀從吧台安撫幾乎要抓住我的琉美。「反正她沒事就好。」

「可是——」

「離家出走這種事，我們以前不是也常常做嗎？」

這樣啊——我在這樣想的同時，肚子發出咕嚕聲。

「哇。」

我連忙用手按住肚子，面紅耳赤。琉美無奈地嘆一口氣，面帶苦笑看著我的臉。

「……先來吃點東西吧。」

於是我們三人進入小小的廚房，討論要吃什麼。這個時間吃拉麵會胖，吃炒麵也很危險。茶泡飯雖然比較沒有罪惡感，可是感覺份量不足。還是應該吃些蔬菜類的東西吧？不過仔細想想，我們現在追求的應該是碳水化合物——在這樣的討論之後，最終我們決定做加入大量蔬菜的炒烏龍麵。「既然要做，就得加上荷包蛋。我還要滿滿的紅薑，鈴芽，妳呢？」被問到這個問題，我回答說在我們家都會加馬鈴薯沙拉，讓兩人啞口無言，不過她們立刻說：「也許這樣也不錯。」「可是熱量很高吧？」「可是我們現在追求的終究是——」在這樣的討論之後，就決定正式菜名為：加入大量蔬菜的馬鈴薯沙拉炒烏龍麵加荷包蛋。琉美在煎鍋內放入麻油加熱，我負責切蔬菜，美紀把包著保鮮膜的烏龍麵放入微波爐稍微加熱。當琉美開始炒蔬菜，我便在她旁邊同時炒烏龍麵。美紀拿大湯匙挖店裡備用的馬鈴薯沙拉，然後豪邁地放到烏龍麵上，我用料理筷把沙拉拌到麵裡。我們就如家政課的菁英小組般動作俐落，邊做邊不間斷地聊天，笑聲也接連不斷。

「開動！」

我們坐在店裡正中央的沙發座位，開始吃炒烏龍麵。「好好吃！」琉美和美紀紛紛喊，我不禁因為自豪而有些飄飄然。美紀說，這個一定很適合配啤酒，琉美便從冰箱拿出罐裝啤酒，另外也給我薑汁汽水。「辛苦了！」我們舉起易開罐乾杯。冒泡泡的冰冷碳酸飲料，把口味濃郁的炒烏龍麵沖到胃裡。我覺得好像可以無限地吃喝下去。我們吃完炒烏龍麵之後，又把店內的辣洋芋片、魷魚絲、卡門貝爾起司全都放到餐桌上。這樣感覺有點像文化祭的慶功派對。琉美是三年級，美紀是二年級，我是新生。琉美和美紀華麗的洋裝，看起來就像文化祭的服裝。使用黃色間接照明的昏暗店內，就好像經過裝飾布置的放學後的教室。

我忽然轉頭，看到兒童椅靜靜地待在牆邊，就好像孤傲地獨自站在教室角落沉思的帥哥學長。我從沙發起身，朝著草太彎下腰，對他說：

「草太，你也一起來吧！」

「嗯？」草太小聲回應。我不由分說地抬起椅子。他壓低聲音問：「喂、喂，妳要幹什麼？」但是我不理會他，把椅子放到桌子旁邊，坐在上面。

草太倒抽一口氣。即使我把重量放在椅子上，三支腳的椅子也絲毫沒有搖晃。我聽到他在背後小聲嘆一口氣說「真是的」。

「怎麼了？」

「唉呀，好可愛，是兒童用的椅子嗎？」

「為什麼突然搬到這裡？」

「呃……作為神戶的紀念。」

我老實回答，兩人便嘻嘻笑著說「妳在說什麼啊」。最後大家一起拍了紀念照，我也發揮這兩天進步許多的整理技術，迅速洗完餐具，然後在「明天學校見」般自然的氣氛中，這天晚上的聚會就解散了。

＊＊＊

「──他們會不會覺得妳很奇怪？」

當我躺在剛剛還在開派對的沙發上，枕邊的草太便笑著對我說。我向琉美借用了淋浴間，另外也借了毛毯，正準備穿著T恤睡覺。

「啊，你是指我坐到椅子上嗎？」

「我是說妳突然消失，然後在半夜又出現。」

「是嗎？」

琉美和美紀（還有千果）都有那種不在乎他人異常之處的寬容態度。她們很清楚，其他人和自己有不同的世界。我離開故鄉才短短兩天，自己的世界已經變得比以前更五彩繽紛。

「草太，你一直像這樣在旅行嗎？」我心中懷著對這種生活的憧憬問他。

「不是一直，我住在東京的公寓。」

「什麼？」

「等我大學畢業之後，我打算當老師。」

「什麼？」我不禁瞪著草太的臉。

「什麼？」椅子也看著我的臉。大學？

「不會吧？你是大學生？」

「是啊。」

「你要去當老師？那關門師的工作怎麼辦？」

他不是職業旅行者嗎？看著兒童椅面無表情地說出很普通的話，我的腦筋一片混亂。草太用帶有笑意的聲音說：

「關門師是代代相傳的家業，我今後也會繼續做，可是光靠這個沒辦法吃飯。」

「——這樣啊。」

原來如此。光靠這個沒辦法吃飯，必須想辦法生活。他這麼說我也可以理解。就算去關門，也沒人會給錢，可是——

「……可是這明明是很重要的工作。」

「重要的工作，最好還是不要被人看見。」

我感到背上起了雞皮疙瘩。我從來沒有這麼想過，也從來無法這樣思考。我以為越重要的工作越應該受到大家矚目，賺到更多的錢。草太看著我的眼睛，像是要安慰我般地說：

「沒關係，我會盡快恢復原本的模樣，兼任教師和關門師。」

他溫和的聲音讓我感到放心，不久之後就睡著了——不過在睡著前的短暫時間裡，我在腦中想起了那座摩天輪。摩天輪的頂端、我們站立的那個地方，是除了我們以外沒有任何人能到達的場所。在那最頂端、以及上方的天空，我們悄悄留下了其他人無法看見的祕密記號。這一點讓我感到非常自豪，甚至全身都靜靜地在顫抖。我珍惜地反芻這樣的感受，逐漸沉沉睡去。

◆◆◆

當我陷入沒有夢的睡眠時，草太正在做夢。那是不會跟其他人分享、甚至連他自己醒來之後都不記得的孤獨的夢，沒有任何的聯繫。

夢中的草太坐在三支腳的兒童椅上，回想自己說出口的話。我會盡快恢復原本的模樣，兼任教師和關門師。但是——草太心想，也許我已經……

他想到這裡，身體頓時變得沉重，就好像重力陡然增加。他的屁股被壓在座面上，當身體重量超過一個極點，座面突然像泡泡「砰」一聲破掉般消失了。

「啊……！」

他在墜落、下沉。他驚訝地往上看，看到仍舊坐在椅子上的自己。那個自己疲憊地彎著腰坐在椅子上，閉著眼睛。宛若空殼般的那個身影越來越遠，不久之後融入黑暗之中消失了。唉，已經太遠了。他懷著放棄的心情這麼想。他已經接受現實。雖然他並不希望如此，但還是覺得反正就是這麼回事。不久之後，地平線的另一端出現燃燒得通紅的城鎮。那裡明明很遠，但當他凝神注視，卻能清晰地看到細節。以熊熊烈火為背景，折斷的電線桿、堆疊的轎車、在破裂的窗戶中搖晃的窗簾、一邊燃燒一邊隨風飄舞的曬洗衣物等，都像精巧的迷你模型般歷歷在目。雖然看得見，但是那座城鎮也只是通過他的視野。他心想，連那裡都沒辦法去嗎？那麼我還能去哪裡？難道是地獄的邊境嗎？草太在沒有色彩與觸感的透明泥水中持續下沉，從世界被切開。連結他與世界的重要的線，一條接著一條斷掉。

光消失了。

聲音消失了。

身體消失了。

記憶消失了。

好冷。好冷。好冷。好冷——

接著，最後一條線也斷掉了。

「……」

然而他的心仍舊存在。那麼這裡就是……

他張開眼睛。

他仍舊坐在椅子上。抬起頭，眼前有一扇老舊的木門。他環顧四周，看到這裡是海灘。在廣大的海邊，只有一扇門和坐在椅子上的他。在大海與沙灘的邊界，被浪花打上來的骨頭無限延續地排成一列。不知是人骨還是魚骨的這些骨頭，彷彿只有那裡忘了被塗上顏色般潔白無瑕。這列雪白的骨頭看起來就像把世界一分為二的界線，他在這一邊，門在另外一邊。

他再度抬頭看那扇門。門的表面有植物造型的木雕裝飾，漆已經掉落而變得斑駁。那明明是非常懷念的門，但這份情感沒有聯繫到任何地方。他什麼都想不起來，連結情感與記憶的線斷掉了。

「我……」

他喃喃開口，不知道接下來要說什麼。氣息是白色的。那扇門的另一邊不知道是什麼。他想要站起來，但下半身卻無法動彈。他不自覺地低頭看，驚訝地發現放在沙灘上的光腳被冰塊覆蓋。厚厚的冰層發出蟲叫般的細微「喀吱喀吱」聲，不斷擴張範圍。冰塊到達他膝蓋的高度，接著凍結他的大腿，擴散到上半身。冰塊彷彿要把他固定在這個邊境之地，懷著意志覆蓋他的身體。他心想，原來如此。他深深吐一口氣，連氣息都成為閃閃發光的冰之粒子。

「這就是我的終點——」

他的嘴角泛起微笑，低下頭。被冰覆蓋的身體變得更加沉重，但冰凍的冷氣卻連這樣的重量都麻痺了。宛若空白的無感，異常地甜蜜。

「——」

遠處傳來某人的聲音。然而在逐漸擴散的甜蜜虛無當中，他開始打起瞌睡。

「——」

是誰？他忽然感到焦躁。為什麼不能安靜地待在這裡？我選擇了瞌睡。好不容易，這回一切都能夠消失。

「——草太！」

隨著這個叫聲，眼前的門打開了。耀眼的光線讓他瞇起眼睛。

◆ ◆ ◆

「……鈴芽？」

草太以半睡半醒的聲音說。我心想：不會吧，真的醒了。千果，真抱歉懷疑了妳。

草太抬起椅背上的眼睛，看著我的臉。

「早安。」

「……你總算醒來了。」

我故意嘆一口氣，把草太放在沙發上，然後舉起手機讓他看螢幕。

「你看，是大臣！又有人上傳照片了！」

草太緩緩彎曲脖子，盯著社群網站上的畫面。

「……鈴芽。」草太盯著畫面低聲說。

「嗯？」

「妳剛剛對我做了什麼？」

親一下就會醒來了——我想到千果得意的聲音。她果然很厲害。

「……沒什麼。好了，下一個目的地也決定了，我們得出門了。」

我說完披上牛仔外套，把兒童椅放入袋子裡。窗外的天空今天也非常地藍。

第四天

看得見、卻無法產生關聯的風景

「鈴芽，這個給妳。」

琉美說完，脫下自己戴著的運動帽，戴到我頭上。

「唉呀！妳這樣更像離家出走的少女了。」

琉美嘻嘻笑。她果然發現我不是在旅行了。都到了這個時候，我還是不免有些臉紅。

「琉美……真的很謝謝妳！」琉美緊緊抱住我。我忽然感到眼頭熱熱的，把臉埋在她柔軟的肩膀上。

「嗯。」

琉美溫柔地拍了拍我的背。

「妳一定要跟家裡聯絡喔。」

「好的……」

我站在新神戶車站前方，聽著背後一再響起的新幹線進站與離站鈴聲，朝著琉美駛離的汽車不停地揮手，直到完全看不見為止。

糟糕，我完全忘了環阿姨！

我在車站的柱子前方蹲下，連忙打開關掉通知鈴聲的ＬＩＮＥ。

「五、五十五則……」

我忍不住脫口而出。五十五則。一天收到阿姨五十五則訊息，太誇張了。我應該全部標示已讀，還是一輩子都不要打開？我已經無法判斷。不過我能忍受這個數字繼續增加嗎？唉，不管了。我的手指點了環阿姨的大頭照。

「什麼？要來接我？」

「鈴芽！」草太從包包探出頭，急迫地對我說：「下一班還來得及，趕快去買票！」

「什麼？要搭新幹線？」

「要去東京，那是最快的方式！」

今天早上在社群網站上看到的「#跟大臣在一起」標籤，上傳的照片是雷門、東京鐵塔等連我這個鄉下人都能一眼看出來的觀光景點。

「搭新幹線到東京，我的積蓄都要花光了……」

我一邊嘀咕一邊在售票機買票。我存了好久的零用錢餘額減少了一個零。

「你要記得還我錢，大學生！」我這麼說，運動包包就笑著回答「沒問題」。

我這輩子搭乘新幹線的次數屈指可數。我把琉美送我的帽子壓得低低的，緊張地環顧自由座車廂。我坐在窗邊的空位，身體緊緊貼著牆壁。新幹線以安靜而平穩到令人難以置信的動作開始前進，轉眼間增加速度，穿過幾條隧道，高樓大廈密集的街景很快就流逝。在渡過幾條大河之後，窗外的風景逐漸出現較多田野。我打開地圖，看到地圖以不曾見過的速度往左流動。我小聲告訴草太自己感受到的驚訝，但他只是敷衍地說「好啦好啦，很快吧」。不過我的感動大到不會因為這點瑣事而覺得掃興。我從剛剛就目不轉睛地注視窗外急速流動的風景。

我看到山，看到海，看到各種形狀的大樓、住家、工廠與商店，看到無人在走的筆直田間小徑，以及遠處緩慢移動的小卡車，到駕駛座上小小的身影。在呈現黃綠色波浪狀的稻田旁邊，有一座彷彿時代劇場景的木造小屋，山的斜面上有反射陽光的墓地，河邊有正在遛狗的情侶。我望著這樣的景色，感受到奇妙的驚奇，也想到自己大概一輩子都不會到那個地方。我幾乎可以確定，自己永遠不會進入那家便利商店，不會在那家家庭餐廳點餐，不會從那扇窗戶眺望這邊。我的身體過於渺小，而且人生當中的時間有限；在轉瞬即逝的風景中的幾乎所有地方，我都不會實際前往；而幾乎所有人，都在永遠不會與我產生關聯的這樣的風景中，過著他們的每一天。對我來說，這是摻雜驚訝與寂寞、並帶來感動的發現。

我想著這樣的念頭，不知不覺中就開始打瞌睡，醒來時車窗外面是一片大海。我連忙打開地圖。新幹線即將到達神奈川縣。天花板上傳來合成聲音：「下一站，熱海。」

「草太……！」

我幾乎變成哭聲質問。

「我們該不會已經過了富士山吧？」

「喔，這麼說，的確——」

「什麼嘛！你既然發現了，怎麼不告訴我！」

「抱歉抱歉。」他再度敷衍地回應。我一肚子怒火，便買了車內販賣的三明治、咖啡和冰淇淋。「妳真的那麼想要看到富士山？」「怎樣，不行嗎？」在這樣的對話中，窗外的風景很快就被建築遮蔽。密密麻麻的建築延續到地平線，而這樣的景象一直持續，很明顯地和先前的風景不同。我腦中自動浮現「首都」這個只有在社會課上看過的詞。這裡具有和大海、山脈同等的存在感與質量，但卻塞滿了人造物。

我們在東京車站下了新幹線，迎接我們的是溼氣與人群。我感到快要窒息，依照運動袋裡的聲音指示前進，隨著人潮左轉右轉。我抵達草太指示的月台，上了冷氣很強的電車，總算坐到座位上，袋子裡的聲音卻催促我：下一站下車！我們下車的車站叫「御茶之水站」。我在一整面螢幕、充滿科幻氣氛的亮黑色自動販賣機前買了冷瓶裝水，在月台邊緣大口地喝。當我總算吁了一口氣，便瞪著悠閒掛在肩上的包包說：

「……我覺得自己好像被當成馬了！」

草太哈哈笑，對我說：

「去找大臣之前，我想先去一個地方。鈴芽，可以請妳打個電話嗎？」

「什麼？」

「電話號碼是——」

「等、等一下！」

我連忙在手機中輸入號碼，按下通話按鈕，把手機拿近椅背。回鈴音停止，我聽到女人說「喂」的聲音。

「絹代嗎？好久不見，我是草太。」

什麼？

「——是的，我很好。聽到妳好像也很有精神，我就放心了！」

草太以格外親暱的口吻這麼說，然後用裝得很帥氣的聲音哈哈笑。搞什麼？

像院子一樣的房間

河水的顏色像抹茶那麼深。我們沿著河岸走了一陣子，爬上偌大的高中校園旁邊的斜坡，走在靜謐的住宅區中，前方就是我們要找的店。這家店和我想像的不太一樣，是在我的家鄉也會有的那種小小的便利商店。這裡是住宅區角落三層樓建築的一樓，入口周圍放置好幾個盆栽，茂盛的花草幾乎溢出到車道。門上全國性連鎖商店的藍色商標，被從二樓陽台垂下來的植物理所當然地遮蔽。整座建築飄散著豁達的草率隨便態度，好像在說「不用太拘泥小節也沒關係」。

我穿過自動門，熟悉的來店鈴聲格外響亮。我掃視店內，沒有看到來客。

「那個，很抱歉……」我戰戰兢兢地朝著蹲在收銀台後方、不知道在做什麼的女店員背影呼喚。

「什麼？」

抬起頭的店員五官輪廓鮮明，胸前的名牌寫著「凱蘿兒」。

「呃，那個……敝姓岩戶。」

「什麼？」

「那個，我剛剛打電話……」

「什麼？」

「呃……」

對方一直以懷疑的眼神看著我。到底該怎麼辦？草太！我一邊傳送念力一邊抓緊背上的包包。話說回來，現在也不可能得到回應，於是我開始打算要暫時撤退，但這時有人從店裡面喊：

「啊！對對對，妳就是草太的親戚吧？他跟我提過了。」

踩著涼鞋走出來的，是個白髮剪成蘑菇頭、個子嬌小的老太太。她和凱蘿兒同樣穿著藍色條紋制服，胸前掛著「絹代」的名牌。

「給妳，這是草太房間的鑰匙，三〇一號房。」

她邊說邊把鑰匙遞給我。這麼說，這個人就是草太提到的房東。

「親戚？」凱蘿兒詢問房東，房東以大概是英文的語言說了些話。凱蘿兒聽了之後，面帶笑容轉向我。

「他去旅行什麼時候會回來？」

「呃，很抱歉，我也不太清楚。」

「真希望他早點回來。」房東以一副很寂寞的態度這麼說，凱蘿兒便回以聽起來像「Sweet」還是「Cute」的單字，房東也陶醉地說：「他真的是個帥哥。」這傢伙還真受歡迎。我更用力地握緊背上的包包。

「那個，非常感謝您！」我鞠躬道謝。

「走出店門口左轉就是階梯。請慢走。」

房東邊說邊把手舉到臉旁輕輕揮手。

＊＊＊

我用鑰匙開了門，悶在室內的熱氣就吹拂到我的臉上。接著飄來的是類似學校圖書館的氣味，以及肥皂、洗潔劑等生活的氣味，最後則隱約有些異國城市般的時髦氣味飄到我的鼻尖。我心想，這是大人的氣味。

「進去吧。」

草太從包包探出頭催促我。我在只有三十公分深度的狹小玄關脫下鞋子，進入房間，立刻就看到廚房。這裡與其說是房間，不如說是較寬的走廊。在更前方則是八個榻榻米大的幽暗空間。

「哇……」

我發出小小的嘆息聲。從窗簾縫隙透進來的光線朦朧照亮室內，可以看到不論是牆壁或地板都被書本覆蓋。榻榻米上堆積著厚厚的古書，簡直就像大學的研究室——雖然我沒去過，不過反正就是像專家在使用的空間。在書本之間有一張類似昭和時期文豪使用的矮書桌，也有一張圓形矮餐桌，另外還有三個大書櫃。房間角落擺了ＩＫＥＡ風格的不鏽鋼桌子，在它上方則是金屬床架。只有這附近的書像是大學生讀的，書皮看起來現代化而色彩鮮豔。

「很熱吧？妳可以開一下窗戶嗎？」

「啊，好。」

我打開窗簾，午後的陽光將房間重新塗成耀眼的顏色；打開窗戶，舒適的風便吹進來。我把運動袋放在地上，脫下帽子放在袋子上面。我環顧變亮的房間，覺得這裡像是個小小的庭院。整個空間放滿了東西，卻奇妙地不會給人雜亂的印象。每樣東西都像植物般自然而自由。

「鈴芽。」草太在書櫃前方看著我說。「我想要查一些資料。這個書櫃上面有紙箱吧？」

「嗯。」

「妳可以幫我拿下來嗎？」

「嗯。」

我站在書櫃前方舉起手臂，但因為太高而構不到。我踮起腳尖，仍舊不行。於是我站到草太身上。三支腳的椅子為了承受我的重量，在我腳下連忙站穩。我拿到紙箱。這個紙箱很沉重。

我突然感到好笑，嘴角不由自主地泛起笑容。我拿著紙箱喊「一、二」，在椅子上踏步。我想到走出便利商店時對他說「草太，你真受歡迎」時，他以淡淡的口吻回答「沒什麼」的帥氣聲音。一、二、一、二。我看著腳下笑著說：

「草太，我可以踩你嗎？」

「……妳應該在踩上來之前先問！」

椅子在我腳下劇烈搖晃。我邊笑邊發出尖叫。

＊＊＊

紙箱裡也全都是書。草太要我打開的，是一本寫著「關門師祕傳之抄」的古書。這是一本用繩子串起粗糙紙張的和裝書，我只有在照片中看過。為了避免撕破好像隨時會崩解的古老和紙，我慎重地翻開書。

打開的左右兩頁畫滿了圖畫。我看到這張畫，全身汗毛豎立。

這是火山的畫，以黑色墨水描繪聚落與山巒，並以紅色顏料畫出從山上噴出的火焰。宛若空中大河般蜿蜒的這道紅色，和我看過的那個形狀一模一樣。

「這是……蚯蚓？」

「沒錯。」草太盯著這張畫回答。仔細看，火焰並不是從火山口噴出來，而是從山頂上的鳥居噴出來。這麼說，這裡就是後門？畫的邊緣寫了「天明三年」這幾個字。這是江戶時代嗎？我在草太催促之下，翻到下一頁。

下一頁畫的是龍。在蜿蜒的身體之間，畫了山巒、聚落與湖水，給人龍和土地是一體的印象。龍的兩端與頭尾各自插著類似巨大的劍的東西。

「這就是要石，西之柱與東之柱。」

椅子邊說邊用腳依序指著這兩根東西。

「什麼？要石有——」

「沒錯，有兩個。」

「這麼說，還有一隻像那樣的貓嗎？」

「貓的形體只是暫用的化身。」

草太低聲說。我繼續翻頁。左右兩頁各自畫著石碑與向石碑祈禱的群眾。兩座石碑上以紅字寫著「要石」，另外也有幾個山野修行僧打扮的人，似乎試圖要把石頭埋到地面。在圖畫的縫隙，以我無法辨讀的草體字密密麻麻地寫了文章，而在兩塊要石旁邊，則用我勉強看得懂的文字寫著「黑要石收拾之～」、「寅之大變白要石～」等等。

草太看著頁面，對我說：

「威脅人類的災害與疫病，是從常世通過後門進入現世的。所以我們這些關門師要四處去關閉後門。藉由關上門，將土地還給原本的持有者『產土神』，也就是土地神，來平息災難。但是某些災難，像是幾百年一次的巨大災難，沒辦法光靠後門來封住。為了應付那種情況，這個國家自古就被賦予兩塊要石。」

草太邊說邊指著另一本書。這本書的封面寫著「要石目錄」，雖然同樣是和裝書，不過比現在看的書看起來新了幾十年（或者也可能是幾百年）。我打開這本書。書上畫著看似古地圖的圖案，地形是彷彿把融化的石頭黏在一起的曖昧形狀，上面有「扶桑國之圖」這幾個漢字。在看似島嶼的地形兩端，插著兩支巨大的劍。

「要石在不同的時代會改變地點。」

我翻到下一頁，又是古地圖，不過海岸線的形狀比剛剛那張圖更寫實。兩支劍插在和剛剛的圖稍微不一樣的地點。

「這是——」

我又翻到下一頁，這次是看起來解析度提高更多的地圖，上面也畫了密密麻麻的街道和國境。劍插在東北邊緣與琵琶湖下方一帶。

「日本地圖！」

「沒錯。地圖的變化代表日本人的宇宙觀變化。當人類的認知產生變化，土地的形狀也會變化，龍脈和災害形態也會變化。也因此，需要要石的地點也會變化。在持續緩慢變化的人與土地相互作用過程中，要石會在各個時代供奉在真正需要的地點。要石會在沒有人看到、被人遺忘的場所，持續療癒那塊土地幾十年、幾百年。」

草太淡淡地述說。我幾乎完全無法理解他說的話，不過他的話讓我想起當初看到要石的情景。在無人的夏季廢墟，孤獨地矗立在冰冷水窪中的石像——那時候，當我的手接觸到它，感覺它好像在對我說話。或許那是厭倦於百年使命的貓，因為找到玩伴而感到高興吧。這樣的想像不知為何和草太的話很契合。草太彷彿猜到我內心的想法，繼續說：

「在九州的要石，現在變成貓的形態逃走了吧？」

「嗯。」

「另一塊要石——」

我在椅腳指示之下再度翻頁。這回是非常熟悉的現代日本地圖，上面寫著「明治三十四年」。草太指著其中一點。劍的形狀的石碑畫在關東地方。

「東京……？」

「沒錯，在東京。這塊要石目前仍舊壓著蚯蚓的頭。我想知道的是具體的地點，要石現在究竟在東京的哪裡？就我記憶所及，答案沒有寫在任何地方，也沒有人告訴過我。不過也許在這些書當中的其中一本會有記述。」

我在他催促之下繼續翻頁。當我翻完這本書，又打開下一本書。上面寫的是我完全無法辨讀的草體字，但草太卻迅速瀏覽。他邊讀邊以沉重的口吻說：

「東京的要石所在的地點，據說有巨大的後門。東京的後門一百年前曾經開啟過一次，在關東一帶引起很大的災害，後來由當時的關門師們關起來。也許——」

他把聲音壓得更低。

「大臣或許想要再度打開這扇門。如果說他是在玩弄我們取樂——那麼我們必須搶先到達那裡，預防他這麼做。」

從窗外吹入的風不斷地把飛機的聲音也吹進來。我為了飛機如此頻繁地飛過而感到驚訝。在噴射引擎的聲音之間，也有機車的聲音、救護車的聲音、拍打棉被的聲音、放學的兒童嬉鬧的聲音，以及遠方電車「喀咚、喀咚」的聲音。鳥在歌唱，不遠的地方有人在聊天，有人在使用吸塵器。幾萬台汽車的低沉噪音一直不間斷地響起。我重新體認到，在這裡有無數的人在生活。我很難想像，在這座巨大城市的某一個角落，有一座古老的石像或石碑靜靜地矗立著。我翻開的書從和裝書變成陳舊的大學筆記本，毛筆字變成鋼筆字，筆跡也逐漸變化。我現在打開的書似乎是大正時期的日記，不過摻雜片假名的字體太過潦草，因此我幾乎無法辨讀。

「——不行。」

翻完紙箱裡所有的書之後，草太邊嘆息邊說。

「日記上雖然有似乎相關的記述，不過關鍵的地方被塗黑了……」

他說得沒錯。打開的頁面上有幾個地方被墨水塗黑。我為了至少派上一點用場，凝神注視。墨水前後可以讀出「九月朔日　土　晴」、「清晨值班使者」、「上午八時」、「日不見之神顯現」等文字。唔……

「……原來如此！」我試著開口說話。

「妳知道了？」草太驚訝地問。

「對不起，我只是想說說看。」

草太露出苦笑。

「……只能去問爺爺了。」

「咦？」

「這本日記是我爺爺的師父寫的。」

「你的爺爺？」

「嗯，是他撫養我長大的。他目前在附近的醫院住院。」草太說完，再度把視線落在書上，小聲地說：

「我擔心這副模樣會讓他失望……」

他的背影似乎已經筋疲力盡。我心想，這位爺爺也是關門師嗎？那麼一開始就去見爺爺不就好了？而且爺爺應該不會感到失望，而是會擔心孫子吧？也許還能夠助他一臂之力。還是說，有什麼特殊的難言之隱嗎——我正想著，突然聽到激烈的敲門聲，不禁發出「咿」的叫聲。

『喂～草太，你在家嗎？你在家吧？』

是男人的聲音。這個人不斷敲著薄薄的木門。我看著草太，椅子沒有動搖的樣子，面無表情地看著門。

『我看到你的房間窗戶開著！草太，你回來了嗎？喂～』
砰！砰！草太一副無奈的樣子喃喃說：
「是芹澤……真傷腦筋，在這種時候過來。」
「誰？」
「是我認識的人。妳可以幫我應付一下嗎？」
「什麼？」
草太朝著牆壁走過去。名叫芹澤的男人毫不客氣地繼續敲門。
『喂，草太！我可以開門嗎？』
「什麼？」
『我要開門囉？我要開門了。』
砰！砰！我以求救的眼神看著草太，他只對我說「那傢伙不是壞人」，然後就靠在牆壁。砰！砰！嗚嗚，我該怎麼辦？
——喀嚓，門打開了。
站在門口的是髮色接近金髮、剪了狼尾頭、身穿胸口開得很低的大紅色緞紋襯衫、看起來吊兒郎當的年輕男子。

「呃，你好！」

我朝著眼前的男人鞠躬。

「哇！」

芹澤驚訝地看著我。我必須想辦法矇騙過去。

「妳、妳是誰？」

「我是草太的妹妹！」

「他有妹妹？」

「呃，是情同兄妹的……表妹！」

「什麼？」

在時尚圓眼鏡後方，一雙眼尾朝上、看起來很冷淡的眼睛詫異地瞇起來。好可怕。

「那、那個，請問你是芹澤吧？」

「妳怎麼知道？」

「我聽草太提起過你的名字。」

眼鏡後方的銳利眼神頓時變得和緩。

＊＊＊

「教師甄試？」

我一時無法相信，只能重複剛剛聽到的話。草太要參加教師甄試？

芹澤站在書櫃前背對著我，以不滿的語氣繼續說：

「嗯。昨天是第二次測驗，可是那傢伙沒有到試場。真不敢相信。」

「什麼？昨天是測驗日？」

我望向牆邊的草太。他裝成兒童椅的模樣，默默地沐浴在夕陽中，沒有看我。

「那傢伙太蠢了。這一來，四年努力不都白費了嗎？」

芹澤以不敢置信的口吻說。他正在看的是書架上一整排的參考書：《教師甄試 掌握教職教養》、《給有志成為教師的人》、《東京都考古題》、《輕鬆掌握小學全科目》。在褪色的古書當中，只有這一區像是特別的地方，排列著色彩鮮豔的書背。

「昨天我因為太在意那傢伙沒來，結果連自己都考得亂七八糟。」

芹澤焦躁地撥起長瀏海，回頭瞪我。

「妳剛剛說妳叫鈴芽嗎？」

我不禁縮起脖子。這個人的眼神超兇惡的。

「妳見到草太，就叫他再也不要出現在我面前。看到他我就會火大。」

「呃……」

「啊，不過那兩萬——」芹澤似乎忽然想到什麼，把視線從我身上移開，低聲說：「他還欠我兩萬圓……」接著他再度瞪我。

「叫他快還錢！」

「呃……」

「雖然我聽說過，他好像家業方面很辛苦——」

芹澤把兩根手指塞到緊身黑牛仔褲口袋裡，邊走回玄關邊喃喃自語：

「那傢伙對自己太隨便了……真火大……不管發生什麼事，難道沒辦法聯絡嗎？又不是小孩子，太沒常識了……」

芹澤似乎已經對我不感興趣，在玄關穿鞋子。我也連忙跑向玄關。芹澤穿上尖頭鞋之後打開門。他瞥了一眼腦中仍舊混亂的我，簡單地說了一句：

「拜拜。」

他走出門。

就在這個時候，口袋裡的手機突然響起警報聲。

「哇！」

芹澤驚訝地停下腳步。他的手機也響起恐怖的不和諧音，他從牛仔褲口袋裡拿出手機，盯視螢幕。

「地震快報——咦？有在搖嗎？」

我無言地穿上鞋子，穿過芹澤旁邊跑出房間。芹澤在我背後不知道在說什麼，但我沒有多餘的心思回應他，只是從共用走廊的扶手探出身體俯視街道。

「喔，停下來了。」芹澤說。手機的警報鈴聲停止了。

芹澤探視我的臉問：「……喂，妳不要緊嗎？」

我沒心思回應他，脫口而出：

「……很近。」

「那東西」比我想像的更近。在成排的房屋與住商混合大樓後方，距離這裡兩、三百公尺左右，紅黑色的軀體正在扭動。在大樓縫隙間蠢動的濁流，就好像丟置在都市空間、巨大而無意義的紅色裝置藝術。在它的周圍，為數眾多的烏鴉正在呱呱叫。

「哇，好多鳥！」

在我身旁的芹澤似乎沒有太驚訝地說。

「那裡是神田川附近吧，不知道河邊發生什麼事了。」

他看不見，他沒有看到最關鍵的東西。這時我聽到「喀噠」的腳步聲。

「走吧。」

草太不知何時已經來到我的腳邊，銳利地低聲說。我點頭，抓起椅子開始奔跑。

「咦？喂，等等！妳要去哪裡？」

芹澤在我背後喊，我沒有回頭。我在衝下公寓階梯時腦中想著：教師甄試？可是草太完全沒有對我提過這種事。

如果天空的塞子被拔出來

「草太，我都不知道——你有重要的考試！」

我一邊跑在夕陽照射的住宅區街道上一邊說。

「竟然是昨天——怎麼辦？」

「這不是妳害的。」

「可是……都是因為我拔掉要石！」

我抱著兒童椅大聲自言自語的模樣，引來路過學生好奇的目光。

「不要緊。」草太斬釘截鐵地說。「今天就結束一切吧。我要關閉後門，把貓恢復為要石，然後今天我就要恢復原本的模樣了！」

我奔下高中旁邊的斜坡。前方的斜坡盡頭是很大的馬路，再過去就可以看到紅黑色的濁流激烈地在翻騰。我跑完斜坡，繞過轉角來到人行道上。我左右閃避開始增加的返家路人，斜眼注視著旁邊的蚯蚓繼續奔跑。在我右側僅僅數十公尺的距離，隔著車流不斷的四線道馬路，紅色的軀體與道路平行在翻騰。馬路另一邊是河川流過的凹陷河堤，而蚯蚓就像在其上空爬動般遊走。人們不安地望著幾十隻、幾百隻的烏鴉在河川上方飛舞。

「後門的地點，該不會是在——」我邊跑邊說話。

「嗯，這前面就是神田川的下游！」草太在我手中說。

因為被行道樹遮住了，從這裡還看不到蚯蚓的底部。前方是御茶之水站，返家的人潮越來越多。我無法全數閃躲而撞到人，被對方不耐地啐一聲，手中的椅子也被投以奇異的眼光，但我仍然奔跑。快點，我們得快點到達蚯蚓的底部。後門應該就在那裡，還有大臣也是——

這時我忽然感到不對勁。

擦肩而過的路人說，「唉呀，真可愛。」

不時有人在看我的腳邊。

「哇，是貓！」擦肩而過時有人喊。我低頭望向腳邊。

「鈴芽！」

「——大臣！」

白貓不知何時開始跟我並肩在奔跑，抬起頭用稚嫩的聲音高興地說：

「我們來玩吧！」

「要石！」

草太發出怒吼，同時從我手中跳下去，連滾帶跑地奔馳在人行道上。大臣立刻逃跑。貓和椅子在密集的路人腳邊穿梭奔跑。「這是什麼？椅子？」路人議論紛紛，每個人都拿出手機在拍照或拍影片。我為了避免跟丟，拚命撥開擋在前方的人。

「啊！」

大臣衝到馬路上，草太也追上去。汽車喇叭聲四處響起，所有人都在按快門。兩人毫不遲疑地在車流很大的四線道馬路上到處奔跑。大臣越過中央線，鑽過從正面駛來的卡車底下，草太則穿過卡車旁邊。下一台車緊接著逼近兩人。在撞上之前，大臣輕盈地跑上那台車的引擎蓋，草太也跳上車子，發出「喀噠喀噠」的聲音跑過車頂。大臣從車上高高跳起，草太也追上去。兩人跳到架在上方的拱橋上。

「草太！」

我高喊。從我的角度可以隱約瞥見跳到橋的欄杆後方的兩人。「喂，有沒有看到那個？」「那是貓和狗嗎？」「好像是椅子吧？」我追過以興奮口吻談論的路人來到橋頭。左邊是階梯。我跑上階梯，撞到撐陽傘的老太太的肩膀。我因為氣喘吁吁，無法好好說出「對不起」，只能在口中拚命想著對不起。我爬完階梯，來到橋上，這裡也有許多人拿出手機。我望向鏡頭瞄準的方向。

在車流不斷的橋梁中央，我看到草太。他用椅子的座面壓住小白貓。兩人似乎在爭論什麼。拍照的人們都在問「那是什麼」，經過的車子也驚訝地鳴喇叭，避開地上的異物。我只能呆呆站在原地。

「該怎麼辦——」

這時我看到有一輛車絲毫不減速地衝向他們。會被撞到——我剛剛這麼想，椅子和貓就從原地跳起來。汽車發出剎車聲和拉長的喇叭聲駛離。草太跳到車道後方、橋梁反方向的人行道。我想都沒想就衝出去，這時——

「哇！」

一台汽車按著喇叭從我眼前開過去。我心驚膽跳地左右張望，屏住氣一口氣衝過車道。

「草太！」

我總算追上他，但沒有看到大臣的身影。草太站在欄杆上，默默地俯視橋下。我也望向他注視的地方。

——我倒抽一口氣。

橋下是神田川，電車用的隧道在堤防上張開大口，紅黑色的濁流正從那裡噴出來。蚯蚓發出恐怖的咕嚕咕嚕聲晃動著空氣，散發討厭的甜膩氣味，糾纏著無數條淡淡發光的細絲，從電車用的隧道噴出來。

「那裡面——就是後門嗎……？」

這時電車突然從濁流中探出頭。銀色的車身彷彿什麼事都沒發生般穿過隧道，穿過蚯蚓的身體，進入對岸的隧道。我懷著絕望的心情喃喃自語：

「那種地方，到底要怎麼過去……」

蚯蚓的身體鑽過我們所在的拱橋底下，往河流上游延伸。我回頭看它延伸的方向。

蚯蚓的前端正彎曲地抬起頭。

它的身體沿著堤防一直延伸到上游，紅黑色閃亮的前端彷彿被看不見的手指夾起來，緩緩往天空上升，成群的烏鴉也追隨著蚯蚓的頭上升。以夕陽為背景，紅色濁流綻放著奇妙的美麗光芒。彷彿在融化的玻璃中吹入又細又長的氣息般，發光的蚯蚓緩緩往天空延伸。

「……咦？」

蚯蚓的上升突然停止了。

在和堤防兩岸林立的大樓同樣的高度，蚯蚓文風不動，就好像陷入沉思般固定在那裡，身體表面的濁流無聲而緩慢地形成漩渦。

「咦……停下來了？」

「……不對。」

草太開口，他的聲音在顫抖。我不禁轉向他，看到他正盯著腳邊的地面。

「……嗯？」

我也低下頭看腳邊。地面有一塊堅硬的石板。

「啊！」

我忽然感覺到好像有東西在撫摸腳底，反射性地抬起腳跟。是地鳴嗎？腳下有某個巨大的東西——大到無法納入視野的東西——發出擠壓的聲音。從腳底緩緩升起一陣寒意，我流下冷汗。這時我才發覺到，鳥叫聲和蟬叫聲都停下來了，只剩下單調的電車聲，在奇妙的靜寂中突兀而悠閒地響著。

「……不行。」

草太發出非常痛苦的聲音低語。當我轉向他的瞬間——

砰！

地面劇烈地縱向大幅彈起。我隨著這股力道往上飄起數公分，掉下去時失去平衡，膝蓋著地。橋上的一支支路燈發出巨大的金屬聲，像鐘擺般搖晃。這時口袋裡的手機發出刺耳的警報聲，恐怖的不和諧音搭配著反覆播報「發生地震」的合成語音。在此同時，四處都有手機在響。尖叫與議論聲擴散開來。我連忙拿出手機檢視畫面。紅色與黃色的字體顯示「緊急地震快報　關東內陸　請提防強烈搖晃」。

我的身體變得僵硬。然而在下一個瞬間，螢幕上的文字消失，警報聲也停下來。周圍的手機都變得安靜，人們的議論聲也逐漸歇止。地面已經沒有在搖晃了。

「停下來了……這是怎麼回事？」

只發生一次縱向搖晃，蚯蚓仍舊靜止。我看著草太，椅子看起來彷彿臉色變得蒼白。

「……被拔出來了。」

「什麼？」

「第二塊要石！」

什麼意思——這個問題梗在我的喉嚨。從隧道傳來起泡般的低音。我連忙從橋上往下看，從隧道長出來的蚯蚓底部在膨脹，就好像水管前方被人用腳踩住，蚯蚓底部產生巨大的瘤。這顆瘤一邊顫抖一邊膨脹。

「——全身要出來了！」

就在草太發出悲痛叫聲的瞬間，瘤破裂了。濁流以驚人的氣勢從隧道噴出來，隨著地面「咚！」的巨大聲響，蚯蚓的尾巴從隧道抽出來。宛若大蛇般的急流從橋下流過，捲起強風，猛烈地拍擊我的肌膚。我看到急流上端坐著一隻小白貓。

「大臣！」我高聲喊。草太看著貓，低聲說：

「……鈴芽，我一定會阻止大地震發生。」

「什麼？」

「我走了。」

草太發出「喀噠」的聲音，踏出欄杆，整個身體突然往橋下跳。

「什麼？草太！」

我發出尖叫，把上半身從欄杆探出去想要追他。椅子被吸入蚯蚓的濁流，從橋下流走。我反射性地回頭，跑向蚯蚓前進的方向。我衝到車道上，右耳聽見剎車聲，左耳聽見喇叭聲，但我不理會這些聲音，跑得更快。在距離我的左耳很近的地方響起剎車聲，車子擦過我的背部駛離。我跨越橋面跑到另一邊的人行道，憑著這股氣勢跳到欄杆上。周圍的人發出驚訝的聲音。鑽過橋下的蚯蚓濁流在我眼前急轉彎上升。其他人只看到在橋梁欄杆上凝視空中的我，可是我——

「草太，等等！」

我邊喊邊跳下橋。周圍的人發出尖叫。

「鈴芽？」

糾纏在上升的蚯蚓中的草太驚訝地伸出腳。我勉強抓到，身體驟然加速，隨著蚯蚓一起被拉向天空。我的雙腿無力地搖晃，左邊的皮鞋從腳尖脫落，鞋子邊旋轉邊往地面墜落。我的右手仍舊抓著椅子的腳，左手拚命把手指掐入蚯蚓表面。我感覺到握著溫溫的米粒的觸感，我拚命抓緊在手中被捏碎的顆粒。我們的身體在蚯蚓上，穿過成群烏鴉往上升。我努力逆著風壓抬起身體。

「妳——」

當我總算蹲在草太旁邊，他對我怒吼：

「妳太亂來了！」

「誰叫你要自己一個人走掉——啊！」

米粒狀的蚯蚓表面宛若融化般出現一個洞。

「鈴芽！」

草太的聲音在我的上方越來越遠。我在虛空中墜落，視野不斷旋轉。不成聲的尖叫湧上我的喉嚨。我看到下方宛若蚯蚓支流的分支逼近，在經過的瞬間伸出手用力抓住，但那東西卻像柔軟的粥一般被捏爛。我的身體在墜落，視野在旋轉。地表的大樓群反射著夕陽，一再越過我的視野。

「鈴芽，我現在就去救妳！」

聲音從某處接近，但我看不到。

「你在——！」

有東西撞到我的肚子，使我的聲音中斷，是椅子。跳下來的草太推著我的身體。

「唔！」

我抱著椅子，掉落到某個表面，感覺好像落在爛泥中。我滾了好幾圈，總算停下來。

「不要緊嗎？鈴芽！」

「草太！」

我抱著草太，抬起上半身。我們落在具有彈力的冰塊般的表面上。先前宛若果凍奔流般的蚯蚓身體，在這個部分則凝聚成柔軟的塊狀。在透明的表面底下，可以看到流過蚯蚓體內的泡沫狀粒子，就好像冰塊下方的小魚群般。草太在我的手中說：

「蚯蚓的表面很不穩定，我們最好還是不要分開。」

「嗯——！」

蚯蚓的身體載著我們上升。往上看，它的前端在傍晚的天空中緩緩地開始描繪巨大的漩渦。

◆ ◆ ◆

就在看不見的蚯蚓擴散在東京上空的同時——

放學與下班的人群懷著獲得解放的心情，走在傍晚的街道上。

大氣中瀰漫著路人的氣息與聲音，晚餐的香氣從四面八方的餐廳與住家開始飄散出來，街上點起色彩繽紛的燈泡取代太陽的光。到了黃昏，就如塗上一層又一層油漆，人們活動的色彩逐漸變得濃郁。

眾人沒有發現——

在即將下沉的紅色太陽前方，出現和平常不一樣的搖晃。

在高樓大廈光鮮亮麗的窗玻璃上，在車陣中的汽車前窗上，在倒入礦泉水的玻璃杯杯緣，在有許多人慢跑的皇居壕溝水面上——隱約映著奇妙的彩虹色。停在屋頂上凝視天空的鳥群眼中，映著形成漩渦的巨大濁流。

人們此時正充滿期待地想著——

接下來要與情人見面的時間。獨自享受晚餐的時間。見到朋友之後的對話。接孩子時看到的笑臉。

人們幾乎已經要忘記——

稍早前發生的短暫地震。

好像看到有一名少女從橋上跳下去。

不久之後，不知為何從空中掉下只有一隻的學生皮鞋。

只有鳥群和我們看得見——

擴散在東京天空的巨大紅色漩渦。就好像天頂的塞子被拔掉，紅色泥水邊旋轉邊被吸入裡面。這道漩渦一直都沒有消散，反而擴大範圍。漩渦覆蓋大片天空，彷彿要完全覆蓋首都。

我抱著草太，跑在這道漩渦上。

◆◆◆

「蚯蚓——要蓋住整座城市了！」

我不禁大喊。我抱著草太跑在蚯蚓身上。蚯蚓的體表此刻凝固為半透明狀，就好像有彈力的柏油路。我的視野前方是變得模糊的地平線，在我下方則是無數的建築。蚯蚓的支流在擴散，彷彿要覆蓋這一切。一條條支流纏繞成複雜的漩渦，從遠處看，就好像紅色的眼睛。無數發光的紅色眼睛，無表情地俯視著東京。

「草太，那是——」

「嗯，如果這掉到地面，整個關東地方——」

不知是因為憤怒還是恐懼，他的聲音在顫抖。

「剩下的唯一手段，就是把要石插進去。大臣到底在哪裡……」

那隻貓不知去處，而我們則在不知不覺中朝著蚯蚓中心奔跑。盤繞起來的蚯蚓身體形成巨大的圓盤狀，其中心此刻隆起，成為紅色的山丘。宛若魚苗般在地面中游動的成群氣泡，也彷彿被吸向那座山丘而往上流動。紅色山丘遮住夕陽，山丘的輪廓在黃昏的天空散發朦朧的光芒。我跑在詭異而美麗的風景中，感覺就像在惡夢裡奔跑。

「鈴芽！」

我忽然聽見幼童的聲音。

我停下腳步，抬頭看聲音傳來的方向。山丘周圍長出好幾根細枝般的粉紅色觸手，大臣就坐在其中一根上面，在風中隨著細枝搖晃。沒有感情的黃色眼珠俯視著我。

「蚯蚓掉下去，就會發生地震喔。」

像小孩子般高頻的聲音中，卻帶有喜悅的感情。

「大臣！」「要石！」

我和草太同時喊。草太從我手中跳下去，開始奔跑。然而隨著「嘎嘎」的摩擦聲，椅子的動作突然停止。接著草太「喀噠」一聲倒下。

「草太？」我拿起椅子，湊近他問：「怎麼了？」這時從我的上方傳來「呵呵呵」的笑聲。我抬起頭，看到黃色的眼珠瞪得更大了。

「從現在開始，會有很多人死掉。」

我抱著草太，跑到細枝的底部，邊跑邊對那隻貓喊：

「你為什麼要做這種事？快點恢復為要石吧！」

「不可能，大臣已經不是要石了。」那隻貓的口吻好像在說，妳連這種事都不懂？

「什麼？」

大臣輕盈地從細枝上跳下來，無聲地降落在椅子的座面。他把臉湊近草太，用我聽不懂的語言低聲簡短地說了些話。

「可惡！」

我伸出一隻手想要抓住大臣的脖子，但是貓俐落地跳下椅子。我彎腰想要壓制他，卻被他溜掉了。大臣像是在嘲弄我般，在我周圍繞圈圈，卻絕對不會讓我碰到。這樣不行。

「怎麼辦，草太……」

我氣喘吁吁地問手中的草太，但沒有得到回應。

「草太？」

「……抱歉，鈴芽。」

草太緩緩地回答。

「咦？」

「抱歉——」

草太重複一次。為什麼要道歉？我內心感到不解。草太以異常緩慢的速度說：

「我終於知道了——之前我沒有發覺——不想發覺——」

「等、等一下……」

好冷。我抓著草太的指尖變得冰冷。

「現在——」

草太變得越來越冰冷，椅子表面覆蓋著一層薄薄的霜。

「現在——我就是要石。」

「什麼……？」

覆蓋椅子的霜逐漸增加厚度，變成一層冰。草太的聲音彷彿失去溫度般變得平淡。

「被變成椅子的時候——要石的職責——也移到我身上。」

哦，原來如此。我的腦袋比感情先理解他的意思，但我的感情卻被攪亂，我感到混亂。草太的臉、椅子的椅背被埋沒在冰塊底下。「唉——」他吁了長長的一口氣。

「唉——終於要結束了——在這種地方——」

「草太？」

他開始結冰，原本很輕的兒童椅變得像石頭一樣沉重。

「可是——我——」

從冰凍的椅子中，傳來模糊的聲音。

「我——能夠見到妳——」

聲音中斷了。在這個瞬間，我抱著的東西不再是椅子，這已經不是草太了——我從指尖得知，從身體得知，但內心卻拒絕理解。

「草太！」

我大喊。我不想要這樣。原本是椅子的東西已經完全被冰塊覆蓋，變成像尖銳短劍般的形狀。不要，我不要這樣。我一再地喊：

「草太、草太、草太、草太——！」

「那已經不是草太了。」

大臣以輕快的腳步朝著我走來。

「大臣，你——」

我瞪著貓，視野變得模糊而搖曳。我在哭，淚水從雙眼不住地掉下來。大臣看著我的臉，用天真的童聲說：

「妳不把要石插在蚯蚓身上嗎？」

「怎麼可以——」

「要不然……」大臣端坐在我面前。

「蚯蚓會掉下來喔。會發生地震喔。」
他這麼說，我才發現：
「……開始往下掉了？」
蚯蚓的身體似乎覺得已經夠重了，正緩緩地朝著地面落下。周圍的雲緩慢地往上流動，身體有種微微浮起來的感覺。
「草太！」
我的雙手用力握緊，朝著原本是椅子的東西大吼。
「草太，拜託，快醒來，草太！」
「唉唷～」大臣發出受不了的聲音，用前腳點了點我的大腿。
「那已經不是草太了喔。」
我忍不住舉起一隻手想要揍那隻貓，但貓靈巧地閃開了。
掉落的速度增加，身體的浮力更加明顯。我的頭髮被往上吹拂，地面越來越接近。
「草太！」我用最大的聲音喊。
「喂！我該怎麼辦？草太，草太！」
「會有很多人死掉吧。」

大臣悠閒地趴下，張大黃色的眼睛。

「很快就要發生了！」

先前沒有感情的那雙眼中，此刻顯現出期待的興奮。

我受夠了——我內心想，我已經受夠這種事了。

我看得見，我能夠想像到那幅景象。天空不知不覺已經變暗，星星開始閃爍，地面上的人們朝著各自的目的地前進，走在車站，走在十字路口，搭乘電車，和某個對象吃晚餐，在便利商店買東西，傳簡訊給某個人，心臟怦怦跳地和同學並肩走在一起，和最喜歡的母親手牽手走回家，將夏天結束的空氣、「尚未」被腐臭味汙染的夜晚清爽的氣味深深吸入胸腔中。

我看得見。

在他們的上方，熟透成鮮紅色、宛若皇冠般完全打開的巨大果肉無言地飄浮著。

它即將掉落到地面，已經非常逼近了。

我的呼吸變得困難，全身的顫抖從剛剛就無法平息。我不要這樣，我受夠了這種事。

「我受夠了——」

我發出聲音，內心變得亂七八糟，明明緊緊閉著眼睛，卻好像塞子壞掉了般淚水直流。我舉起拿在雙手中的要石，張開眼睛，在淚眼模糊的視野中看著它。它已經不是草太，而是前端尖尖的冰槍。我緩緩閉上眼睛，把它高高舉起。

「哇啊啊啊！」

我卯足身上剩下的所有力量，把要石刺入蚯蚓中。

◆◆◆

藍色的閃電穿過漩渦的中心。

下一個瞬間，幾乎覆蓋全關東的巨大蚯蚓的身體被壓縮為一點，彷彿被吸入地面般消失了。先前的空間只剩下從地面被吸上天空的蒸氣，但是轉眼間，連這道蒸氣也消散了，成為極光般的天空中的波紋，明亮而華麗地顯現在東京夜空數十秒左右。綻放彩虹色光芒的細雨迅速洗滌全東京的屋頂。路上的人都感到驚訝，興奮地拍照分享。奇妙的夜間彩虹暫時為人們帶來樂趣。

另一方面，沒有人注意到在同樣的時間從夜空掉落的少女。失去意識而無力的身體緩緩旋轉，急速往下墜落。附近有一隻小貓同樣地掉下來。小貓在墜落中把爪子放在少女身上，將她的身體拉近，用小小的身體抱住少女的頭，好像在保護她。當他們過了高樓大廈的高度、終於接近地面的時候，小貓的身體突然膨脹，變成比人類還要大的動物，確實抱住少女。

下一個瞬間，黑暗的水面濺起很高的水花。那是在高樓環繞當中、仍舊保留在東京市中心的古老的大壕溝。水聲迴盪在高聳的石牆上，被驚醒的水鳥飛起來，水面產生巨大的波浪。不久之後，連水面也平靜下來——這起事件就在無人察覺之下結束，夜晚的靜寂再度籠罩在四周。

再也不能

咚咚。

我聽到宛若隨性的節奏般、讓我感覺癢癢的聲音。

咚咚、咚。咚咚。

這是什麼聲音？

媽媽在準備早餐的聲音？捉迷藏的時候喊「在這裡嗎」的敲門聲？我為了引起媽媽注意、敲護士站窗戶的聲音？被海風吹起的小石子打在我們家窗戶上的聲音？

咚咚、咚。

不對，是木槌的聲音。那麼就是那一天——我四歲的生日。

我張開眼睛。

媽媽在院子裡敲著木槌。在我們家陽光照耀著的小院子裡，媽媽坐在攤開來的紙箱上，正在做某樣木工。木板、木棒、裝了刨子和線鋸的工具箱擺在周圍。

「媽媽，還沒好嗎？」

我開口問。說話的聲音咬字還不是很清楚，稚嫩而甜蜜。

「還沒還沒，還沒。」

媽媽像唱歌般回答。金色的光線為媽媽的長髮描繪出輪廓。在她的長睫毛和比我還要豐盈的嘴唇上，也有水滴般的金色光線停留。

媽媽讓我站在緣廊，用捲尺測量我的腿長。她用鋸子鋸了幾條木棒，然後用電鑽在木板上鑽洞。媽媽不論是料理、駕駛或木工都很擅長。

「粉紅色、藍色和黃色，妳喜歡哪一種？」

媽媽把油漆罐擺在面前問我。

「黃色！」

這時剛好有隻紋黃蝶在媽媽身後飛舞，我覺得很可愛就這麼回答。

媽媽「啪」一聲打開油漆罐的蓋子，令人興奮的氣味就擴散在院子裡。她在油漆刷上沾滿油漆，在切成大約三十公分見方的兩張木板塗上顏色。光澤亮麗的黃色反射著五月的陽光，將耀眼的光線投射到四面八方。

午餐時間，兩人吃了炒烏龍麵。到了下午，油漆已經完全乾了。我摸摸塗成鮮黃色的木板，就聽見「啾、啾」的聲音，感覺到奇特的觸感。媽媽在木板上插了幾根木棒，木槌再度發出「咚咚咚」的癢癢的聲音。

「還沒好嗎？」

我有些厭倦了，在花壇上排列小石子發出不滿的聲音。我的肚子很飽，開始昏昏欲睡。

「這個嘛……」

媽媽用故意拖延的口吻讓我焦急。咚咚，咚咚。接著她看著我，笑瞇瞇地說：

「完成了！生日快樂，鈴芽！」

媽媽把黃色的椅子遞給我。

「哇啊！」

我發出高興的聲音。不過老實說，我內心並不是那麼歡樂。這張椅子的形狀很簡單，就只是四方形的椅背和插了木棒的座面。幼小的我原本期待更戲劇性的東西。

「它的臉在這裡嗎？」

我指著椅背問。

「什麼？這是椅子啊，這是鈴芽專用的椅子！」

媽媽露出苦笑，然後對我說「妳等一下」。

她拿起椅子想了一下，在椅背上用鉛筆畫了兩個圓，從工具箱取出雕刻刀，在椅背上挖了凹洞。她挖好兩個洞之後，用砂紙磨平，然後在那裡再度塗上油漆。椅背變成有一雙大眼睛的臉。

「看！怎麼樣？」

「哇啊！」

這回我打心底發出歡呼。長了眼睛的黃色椅子彷彿隨時都會開始說話，看起來好像很想跟我做朋友。

「鈴芽專用的椅子！」

我坐到椅子上，這張椅子完全合乎我的尺寸。我再度喊「專用的椅子」，並對媽媽說：

「媽媽，謝謝妳！」

我坐在椅子上，連椅子一起跳向蹲在旁邊的媽媽抱住她。我們三個糾纏在一起，在院子的地面打滾。我趴在媽媽身上，很有自信地宣示：

「我一定一輩子都會好好珍惜它。」

「一輩子？那麼媽媽做它的辛苦就值得了。」

媽媽笑了，我也笑了。我們的笑聲、那天院子裡的陽光、從海岸傳來的浪花聲、樹鶯偶爾鳴唱的聲音，全都清晰地留在我心中。我原本一直忘記了，以為已經不太記得了，不過這些東西卻以連自己都感到震驚的鮮明度，至今仍留在我的心中。

我依依不捨地離開溫暖的泥土般的朦朧狀態，緩緩地從夢中醒來。

＊＊＊

風低沉地在耳邊吹拂。

風聲當中摻雜著細微的流水聲。

我張開眼睛。

周圍很暗。在很高的上方，可以看到泛青的淡淡光線。光線的顏色真的很淡，看起來也像是映在眼瞼內側的亂七八糟的花紋。我開始感到不安，不知道自己是否真的張開眼睛。我用力眨了好幾次眼睛。

不久之後，眼睛開始習慣黑暗。我的眼睛開始捕捉到朦朧的影像。天花板大約有四、五層樓高，像是組合巨大的樂高積木般呈現奇特的凹凸。淡淡的光從天花板上的好幾處直線裂縫透入。這個巨大的空間以人工設施來說感覺太沒有秩序，以天然洞窟來說又太過類似幾何圖形。我仰臥在地上，接觸背部的石頭地面有些潮溼。

「這裡是……」

我邊喃喃自語邊抬起上半身，把手放入褲裙的口袋，拿出手機。布摩擦的聲音造成很大的回音，彷彿置身於隧道中。

「……哪裡？」

我按下側面的按鍵，液晶螢幕便發出刺眼的光，讓我不禁瞇起眼睛。我打開地圖。手機花了比平常稍久的時間才顯示出地形。整個畫面都是河川地形，現在位置則在河中央。

「在河流——底下？」

我想要看更大的範圍，便用手指夾住地圖縮小——這時畫面突然消失了。提醒充電的紅色電池圖案出現在畫面中，然後也很快就消失了。

「啊！」

我從肺部吐出空氣。電池已經完全沒電了。我感到腦筋好像蒙上一層霧般朦朧。夢的殘響仍舊依稀留在耳內深處。我坐在潮溼的地面上，緩緩地環顧四周。

「啊……」

遠處有細微的光線。從我所在的寬敞空間，有好幾條通道延伸出去，其中一條的前方有很淡的藍光。

「草太……？」

我不禁喃喃自語，在雙腿施力並起身。站起來時我感覺到哪裡怪怪的，這才發現我的左腳沒有穿鞋子。

「對了……」

我朝著光線走過去，逐漸想起來：我在上升的蚯蚓上，掉了一隻鞋子。然後——我把椅子——把要石插入蚯蚓。蚯蚓立刻消失，我就從天上往下掉。然後——

「啊！」

穿過通道，看到眼前的光景，我不禁倒抽一口氣。

這裡是廢墟。古老時代的廢墟，矗立在地下空間。

「這裡是——」

這座廢墟完全以木頭與石頭打造。屋頂全都是瓦片，柱子全都是木製，牆壁全都是石頭堆砌的。在這樣的廢墟中央，孤立著格外巨大的城門。在崩塌的廢墟中，只有這座城門保持原形。城門是很大的雙開門，門內則有星空。

「——東京的後門？」

我立刻跑過去，一腳踩在水裡，發出「啪」的聲音。城門周圍積了薄薄一層冰水。

「啊！」

我來到門前，發出驚訝的聲音。城門內是閃閃發光的「常世」星空，在星空下方可以看到漆黑的山丘剪影，山丘頂刺著小小的某樣東西。

是椅子。

椅子的腳深深插入成為黑色山丘的蚯蚓身體。

「草太！」

我跑過去。那座山丘看起來很遠，也好像近在眼前。遠近混合在一起。我跑過去，穿過門，就在我以為來到山麓的瞬間——

「什麼？」

我仍舊在原本的黑暗廢墟。我回頭看剛剛穿過的城門，門內仍舊可以看到「常世」。就跟我在九州拔出大臣時、跟我第一次看到的門一樣。

「進不去……」

但是我卻能夠看到，他在這麼近的地方。我再度奔跑，但穿著鞋子的腳絆到地面，害我跌入水中。含有沙子的冰水進入我的嘴巴。我立刻站起來吐出水，扯下右腳的鞋子，然後用只穿著襪子的雙腳奔跑。我穿過門。

「啊！」

還是不行。這裡是原來的廢墟。我回頭看到草太在門內，在黑色的山丘頂端。

「……他在常世。」

我絕望地喃喃自語。可是……我明明看得到他在那裡。

「草太！」

我大喊。

「草太，草太！」

沒有回應。我的膝蓋失去力量。

「草太——草太……」

我無法繼續站立，膝蓋落到水裡。我想要呼喚的聲音幾乎只剩下氣息。

「草太……」

「鈴芽～」

這時我突然聽到小孩的聲音。我像被打到一樣轉向聲音的方向，看到一對黃色的圓眼珠在黑暗中發光。翹起尾巴的剪影很有節奏地踩著水，朝我接近。這個剪影把身體貼到我跪著的大腿摩擦。我發出氣息般的「咿」的悲鳴聲。

「鈴芽，我總算可以跟妳獨處了。」

「大臣！」

我站起來，像是要逃離白色的毛球。

「都是因為你——」我心中燃起怒火。「把草太還給我！」

「不可能。」

「為什麼？」

貓以沒有感情的眼睛和天真的聲音說：

「他已經不是人類了。」

「你——！」

我彎下腰，雙手抓住大臣。

「哇啊！」大臣發出高興的聲音。我怒吼：

「把草太恢復原狀！」

「鈴芽，好痛喔。」

他發出撒嬌的聲音。我把雙手握得更緊。

「快點讓他恢復原狀！」

「好痛，鈴芽～」

「你這傢伙——！」

小貓柔軟的身體既嬌小又脆弱。只要再稍微施加力量，他全身的骨頭一定都會折斷。大臣的嘴巴發出「咪、咪」的細小叫聲，聽起來好像幼小的孩子發出痛苦的聲音。

「鈴芽，妳不是喜歡大臣嗎？」

「什麼？」

我懷疑自己的耳朵。

「怎麼可能——」

「妳喜歡我吧？」

「我討厭你！」

我邊喊邊舉起抓著他的雙手。小貓再度發出叫聲。把這個身體捏扁、折斷骨頭、丟到冰冷的水中——這樣的想像掃過我的腦海，手中浮現具有真實感的觸覺。殘酷的興奮與事後的懊悔竄流過我的背脊。在我用力握緊的手中，小小的心臟拚命地在跳動。

——不行。我放鬆力量，我辦不到。舉起的手臂已經變得沉重，無力地垂下來。我鬆開手指，把貓放下來。大臣掉在我的腳邊，發出「啪」的水聲。他用四足站立，抬頭看我，像是在窺探我的臉色。

「……你走吧。」

我說。我的眼裡產生不舒服的熱度，我又在哭。

「再也不要跟我說話。」

「鈴芽……」

大臣抖了一下身體。小貓的身體突然變瘦，原本豐盈圓潤的身體像是氣球洩氣般，轉眼間變得瘦骨嶙峋。他的眼睛凹陷在眼窩中，看起來就像壽命已盡的老貓般落魄。

「鈴芽——」小貓用沙啞的聲音說。

「不喜歡大臣……」

大臣說完便垂頭喪氣地離開，不知前往何方。背影隨著小小的腳步聲逐漸遠去。

我獨自留在後門前方。

我該怎麼辦？——我心想。

我感到憤怒、不安、痛苦、悲傷與孤獨。我不知道今後該怎麼辦。就連下一步該做的事，我也完全沒有頭緒。一分鐘後、五分鐘後，我該想什麼、去哪裡、做什麼？我想不出任何方案。淚水仍舊從我的雙眼兀自流出來。在淚水停止之前，我靜靜地站在原地。持續浸泡在冷水裡的雙腳已經失去知覺。

＊＊＊

城門的大門板上，仔細看到處都沾有蚯蚓的殘渣。門板表面有好幾道宛如被碾碎的米粒般細長的痕跡，依舊微微散發著紅黑色光芒。蚯蚓是從這裡出來、又回到這裡面的。

我心想，必須把門關起來才行。

我用雙手推沉重的木製門板。一開始門板一動也不動，但不久之後就發出摩擦的聲音，緩緩地開始移動。然而只要稍微放鬆力量，門板就會像碰到岩壁一樣，完全無法推動。要移動門板，只能全力去推。我把雙肘壓在門板上，把頭壓低，卯足力氣用整個身體持續推門。我滿身大汗，踩在地面的腳底滲出鮮血。我一邊推門，一邊無意識地看著腳邊透明的水被我的血液染成褐色。大概花了三十分鐘左右的時間，我總算關閉兩邊的門板。我的手腳都在發麻，身體彷彿被絞乾般疲憊不堪。只要稍一分神，似乎就會倒進水中。

我深呼吸好幾次，穩住雙腳，握緊掛在脖子上的關門師鑰匙。接著我閉上眼睛，想像這座廢墟過去的情景。

——沒過多久，手中的鑰匙像是在呼吸般產生熱度，我開始聽見不知從哪裡傳來的低語聲。然而有男有女的這些聲音的記憶太過久遠，就像吹過建築之間的微弱風聲。即便如此，從鑰匙射出的光線仍舊在門板表面描繪出淡色搖曳的鎖孔。這個鎖孔的形狀宛若圓形排列的三葉葵。我把關門師的鑰匙插入鎖孔裡，心中再度發誓：我一定會去救你。

「謹此奉還。」

我邊說邊轉動鑰匙，手中感受到某樣東西確實關閉的觸感。

我憑著風的流動，走向與進來時的通道不同的方向。風的流動雖然微弱，但卻很穩定，通往和緩的上坡。潮溼的地面很快就變成乾燥的岩石。我所在的地下洞穴明顯是由人類挖出來的人工洞窟。牆壁和天花板上，都有用某種工具打鑿過的好幾道直線痕跡；地面和牆上，到處可以看到墨水書寫的看似文字的東西快要消失的痕跡。從天花板附近的細縫透入淡淡的光線，像月光般朦朧地照亮四周。我完全不知道現在是幾點、是早上還是中午。被冰水麻痺的雙腳此刻有如燃燒般陣陣疼痛，千果送我的白襪子已經變成血跡乾掉的紅黑色。

走著走著，我發現周圍的牆壁慢慢地出現變化。有鑿痕的岩壁開始摻入以磚塊固定的牆壁，接著出現水泥人工坡面。腳步聲的聲響也產生變化，生鏽的鐵欄杆出現，並且延續到水泥階梯。

我爬上細窄的隧道中的階梯。階梯直線延伸好一陣子，有時會遇到寬敞的平台，但立刻又直線延伸。隧道天花板上貼附著糾纏在一起的細管。我有時會坐在平台的地方休息，茫然眺望天花板上像是亂七八糟花紋的細管，等到腳的疼痛減緩，又開始繼續走路。我無法思考，我不想思考。我只是毫無雜念地繼續爬階梯。不久之後，冰冷的風中開始摻雜著某種異質的臭味。這是我常聞到、很熟悉的氣味，可是我卻遲遲想不起來是什麼。當我總算想到這是汽車排氣的味道，就看到上方出現小小的門。

我轉動圓形的鐵製把手，打開小小的鐵門，眼前出現的是往來的汽車。我從牆壁探出上半身，戰戰兢兢地環顧四周。在昏暗的橘色燈光照射下，我看出這裡是汽車用的隧道內。旁邊的牆上裝有綠色方向指示燈、以及寫著ＳＯＳ的緊急用電話。在大約兩百公尺前方，隧道出口綻放白色光芒。我把手貼在牆上，快步走在應該是檢查人員用的狹窄走道上。每當有汽車駛過，駕駛就會以驚訝的表情看我。看到在明明應該沒人的隧道中行走的我，有人目瞪口呆，有人詫異地瞇起眼睛，有人投以責難的視線，也有人立刻拿起手機拍照。當我接近出口的亮光，習慣黑暗的雙眼就開始感到刺痛，但我毫不在乎，加快行走的速度。雙腳的疼痛不知何時已經消失了。

隧道出口連接工作人員用的灰色鐵梯。我奔上鐵梯，當腳底從鐵板踏上草地時，朝陽射入我的眼中，讓我眼中泛起淚水。我眺望眼前的景象，看到在鐵柵欄前方，遠處的地平線上矗立著無數四方形的高樓大廈，朝陽似乎剛從這些大樓的縫隙升起。

「這裡是……」

我邊凝視邊喃喃自語。

底下是積了深綠色水的巨大壕溝。壕溝的堤防是城牆般巨大的石牆，上方有一片茂密的廣大森林。有幾座白牆黑瓦、低矮城堡狀的建築，分散地埋沒在綠色森林裡。在迎接朝陽的現代化建築環繞當中，只有這裡是彷彿被時間遺忘的古老森林。即使是沒有來過東京的我，也知道這個地點。

「皇居──」

我終於理解先前自己是在什麼場所的地底。

棕耳鵯的尖銳叫聲劃破清晨的空氣。我抬起頭，看到今天的天空也毫無意義地像傻瓜一樣地藍。

第五天

妳唯一能夠進入的門

在朝陽照射下，自己的模樣悽慘到有些嚇人的地步。

我全身上下都是泥巴與擦傷，衣服到處都是破洞，牛仔外套肩膀上方的縫線綻開，袖子也快掉下來。襪子被乾掉的血跡和泥巴染成不曾看過的顏色。然而我無計可施。即使要買衣服或鞋子，我身上也沒有錢，手機電池也沒電了，更何況現在還是清晨，店家也不可能開門。不熟悉當地環境的我，也不知道這一帶是哪裡。

我想要至少打理一下，便在建材放置處的陰影中仔細拍掉黏在衣服上的泥巴，用手整理頭髮。接著我爬上和壕溝反方向的鐵柵欄，來到人行道上。剛好經過的上班族看到我，露出驚恐的表情，但是沒有多說什麼。那個男人雖然瞥了我好幾眼，但沒有停下腳步就走了。

這裡是很普通的車道旁的道路，標示寫著「內堀通」。我進入附近的便利商店，將手機充電線插入窗邊的免費充電區插座。我站在店內角落默默等待電力恢復時，和年輕男店員四目相接。他皺著眉頭注視著我好一陣子，但最後沒說什麼，回到店內的另一端。過了一陣子，和我大約同年的兩名女高中生進入店內。她們看到我的樣子，隔著幾公尺的距離停下來，兩人彼此湊近臉低聲細語。我聽到她們小聲地在說：那個女生沒有穿鞋子、那是不是血、好可怕、該不會是被虐待……等等。看來她們似乎真心在替我擔心，因此我開始思考如果她們跟我交談時，我該如何解釋。這時手機發出「嗡」的細微電子音，螢幕亮了起來。我連忙拔掉充電線，大步走到商品架前，拿了乾電池式的行動電源，然後到收銀台前用手機結帳。接著我到兩個女生面前鞠躬之後，就快步離開便利商店。我很感謝她們替我擔心，但是我不希望她們跟我交談。

我已經決定下一個目的地。

我用連結電源的手機打開地圖，查詢前往御茶之水站的路線。

距離草太的住處最近的醫院，是位在必須仰頭觀望的大樓中的大學醫院。從人行道有寬敞和緩的斜坡通往醫院入口。雖然是清晨，不過還是有看似來上班的零星人影出入。我看準警衛巡邏時離開的時機，快步進入建築內。門內是天花板很高的大廳，附設的咖啡廳還沒有開始營業。我搭乘手扶梯上了二樓，這裡還沒有任何人，門診的窗口拉下百葉窗。我看了告示牌之後，為了避免遇到人，從階梯走上病房所在的樓層。在左右並排著病房的走廊上，我縮起身體快步前進，同時迅速檢視門旁標示的名牌。

我在開始搜尋第二個樓層之後不久，就找到標示宗像羊朗的名牌。「宗像。」我在口中像是在確認般喃喃自語。我抓住滑動式門的門把施力，在細微的阻力之後，門就順暢地打開了。

＊＊＊

病房內光線昏暗，醫院特有的氣味變得更加濃郁。

酒精消毒藥、洗過的床單、禮貌性的花束、長期待在同一個地方的人類體味——在這些混雜在一起的氣味當中，可以聽見生理監視器「嗶、嗶……」的規律電子音低聲鳴響。

雙人房靠外側的床位是空的。在裡面靠窗邊的床上，躺著一名身材高大的病人。我一眼就看出他是宗像老先生——草太的爺爺。

他們長得非常像。筆挺的鼻梁、俊美的額頭形狀，以及朝著下方的長睫毛——至今仍舊烙印在我腦海中的草太的美貌，和這個老人的臉像是同一個模子打出來的。然而草太具備的那種堅強的生命力，卻好像完全從老人身上抽走了。老人臉上刻印著很深的皺紋，臉色像紙張一般蒼白。在枕邊擴散成扇形的長髮、臉上的眉毛和睫毛都是雪白的。左手食指上戴了一個像夾子的小機械，手背上浮現的細血管也幾乎沒有顏色。從病人服露出來的脖子和鎖骨彷彿可以積水般深深凹陷。躺在床上靜靜睡覺的老人，讓我聯想到受重傷而奄奄一息的大型野生動物。

這時我突然聽見低沉而沙啞的聲音說：

「——草太失敗了吧？」

我驚訝地瞪大眼睛。宗像老先生閉著眼睛在說話。

「很、很抱歉，擅自闖進來！」

我慌慌張張地說。原來他不是在睡覺，或者也可能是因為我進來而被吵醒的。

「那個，我聽草太說，他的爺爺住院了，所以就——」

「哦……」

老先生發出不知是回應或嘆息的聲音，緩緩張開眼睛。他盯著天花板片刻之後，很緩慢地把視線移到我身上。

「妳是被捲入的嗎？」

他的聲音果然跟草太有點像，溫和而文靜。注視著我的眼睛和草太一樣微微偏藍，不過白眼球上的血管卻呈現鮮明的紅色。

「我的孫子怎麼了？」

「啊……」我不禁低下頭。「他變成要石，到了常世……」

「……這樣啊。」

老先生以不帶感情、宛若氣息般的聲音喃喃地說。他轉動整個頭部，把視線投向半開的窗簾。

「昨天我從這扇窗戶也看到了蚯蚓。我也想要奔到現場，可是這副老骨頭不肯聽話。」

「那個，所以——」

我湊近老先生的枕邊，說出我一直想要知道的問題。

「我想要知道進入常世的方法！」

「……為什麼？」

「呃……」

為什麼？

「因為我必須去救草太！」

「不要多管閒事。」

「什麼？」

「草太今後要花好幾十年，逐漸成為神明寄宿的要石。他已經不是現世的我們能夠接觸的對象了。」

老先生有如宣告般這麼說，讓我感到背脊發涼。

「妳大概不知道，這是人類無法期望的至高榮譽。草太是個不成材的徒弟，不過——看來他在最後顯示了決心……」

老先生說完，彷彿覺得天花板太刺眼般瞇起眼睛。

「怎麼可以……」我不禁彎下腰，大聲地說，「應該有某種方法可以讓他回來！」

「妳想要讓草太的心願泡湯嗎？」

老先生以漠然無色的表情，好似在緩緩咀嚼般說話。

「什麼？」

「刺下要石的是誰？」

「呃，那個——」

「是妳刺下草太的嗎？」

「呃，可是，那是因為……」

「快回答！」

老先生突然大聲質問。

「是我！」

我像是被推出去般回答。

「是嗎？這樣就好了！如果妳沒有刺下去，昨天晚上就會有一百萬人死去。妳預防了那樣的慘劇。妳要把這件事當作一輩子的榮譽刻印在心中，閉上嘴巴——」

老先生的語氣變得強烈，以震動空氣的聲音大聲說：

「——回到原來的世界！」

面對他宛若強風的壓力，我不禁往後退一步。老先生深深吐出一口氣。他似乎說太多話累了，再度閉上眼睛，臉部朝著天花板靜靜地說：

「……這種事不是凡人能夠干涉的。忘記一切吧。」

我只能呆站在原地。心臟在我的胸腔劇烈跳動，臉頰有如被火燒般發熱。我試著深深吸入一口氣。

「……我不可能會忘記。」

我壓低聲音，喃喃地說。

我內心升起熊熊怒火。

「我要……再去打開地底的後門。」

我朝著閉上眼睛的老先生這麼說，然後就走向病房的出口。是我太蠢，想要求助他人。這是我和草太的戰鬥。

「——妳說什麼？等一等！」

老先生在我背後大聲喊。

「妳開了門要做什麼？」

「我要想辦法進去裡面。」

「不可能。妳沒辦法從那裡進去！」

老先生說完激烈咳嗽，發出水管堵住般的「咕嚕咕嚕」聲，讓我驚訝地回頭。他顯得很痛苦，身體痙攣。我反射性地奔回床邊，但是卻不知道該怎麼辦，只能站在床的前方。老先生的上半身激烈顫抖，按下左手拿的遙控按鈕。病床發出低沉的馬達聲抬起上半身。咳嗽逐漸平息，先前如催促般快速響起的生理監視器電子音，也降回原本的速度。

老先生抬起上半身之後，緩緩地吐出很長的一口氣，發出「啊——」的聲音，閉上眼睛的那張臉到處都在冒汗。我直到現在才發現他沒有右手臂——他的病人服從右邊肩膀就整個陷落。

「……常世雖然美，卻是死人的場所。」

老先生的胸腔像風箱般起伏，說出這句話。他的聲音中恢復冷靜的威嚴。他張開眼睛，以充血的雙眼直視著我。

「——妳不害怕嗎？」

聽到這個問題，我想起草太某次對我說話的聲音。當時——不論在愛媛或神戶，我們都是戰友，感覺所向無敵。我們在不為任何人所知的情況下，完成只有我們能夠做到的大事。兩人甚至在天空的頂端留下印記。

「……我不害怕。」我瞪著老先生說。

「我從小就相信，生死只不過是運氣。可是──」

可是現在──

「我害怕沒有草太在的世界！」

我感到雙眼深處熱熱的。淚水似乎又要擅自湧出來，可是我不想再哭了，因此緊緊閉上眼睛。

「哈！」老先生突然吐出一大口氣。

「哈、哈、哈、哈──！」

他發出打從心底感到愉快的大笑。如此瘦削乾扁的身體竟然能夠發出這麼大的聲音，讓我感到相當訝異，而我也無法理解到底有什麼事那麼好笑，只能目瞪口呆地看著他。

「哈、哈、哈、哈、哈啊……」

老先生笑了好一陣子之後，似乎總算笑夠了，停下笑聲，嘴角殘留著笑意，對我說：

「人一輩子能夠通過的後門只有一個。」

「什麼──」

「妳看到了後門中的常世吧？妳在那裡看到什麼？」

「呃，那是——」

我突然被問起，連忙搜尋記憶。我越是想要回憶起來，常世的風景就越像海市蜃樓般遠離我。不過那是——看過好幾次的那片星空下的草原——走在那裡的是——在那個地方見到的是——

「小時候的自己……跟明明已經死掉的媽媽……」

老先生微微點頭。

「常世會隨著觀看的人而改變樣貌。有多少人類靈魂，就有多少常世；然而在此同時，它們又全都屬於同一個世界。」

老先生緩緩說話，彷彿要確認我充分吸收他的談話內容。

「妳在小時候，大概曾經誤入常世吧。妳記不記得？」

這個問題讓我腦中頓時浮現一個景象。那是在下雪的夜晚——我獨自走在冰冷的泥濘中，看到一扇門筆直地矗立在積雪的瓦礫之間。我以幼小的手推動門把，前方是一片耀眼的星空。

老先生盯著我的臉找尋答案，然後用和草太很像的深沉聲音說：

「那扇門就是妳唯一進得去的後門，妳必須去把它找出來。」

接著他再度閉上眼睛，刻印著深深皺紋的嘴巴也緊緊閉上，無言地告訴我：妳該走了。他沒有再開口，但是我好像看見他的嘴角留下些微的（真的只有幾公釐的）微笑。

我朝著老先生立正並深深鞠躬，同樣無言地離開病房。

出發

當我打開公寓的門，就聞到熟悉的草太的氣味。這種氣味就好像遙遠的外國，只能痴痴憧憬而無法接觸，令人感到心痛。僅僅一天前——不對，才十四小時之前——我還和他一起在這間房間裡，可是現在感覺已經是很久以前的事了。

八個榻榻米大的書齋變得很亂。原本任意堆積在地板上的書本崩塌，放在書櫃裡的書也有一半左右散落在榻榻米上。從打開的窗戶吹進來的風翻動著這些書的書頁，發出「沙沙」的聲音。是蚯蚓害的——我緩慢地想起並發覺到這一點。在拔出要石的瞬間產生的縱向搖動，崩解了這間房間原有的些許秩序。

首先，必須把身體洗乾淨。

廚房旁邊有一個小小的洗臉台，再過去則是浴室。浴室裡有蓮蓬頭跟很小的浴缸。我脫下千果給我的衣服，仔細折好放在洗衣機上，光著身子進入浴室，從蓮蓬頭放出熱水，從頭頂澆下來。我的頭髮從來沒有如此僵硬地糾結在一起，流過身體的熱水也染成黑色。我花時間把頭髮和全身都洗乾淨，直到流到地板的熱水變得完全透明。接著我開始洗腳底。雙腳腳底都有好幾處很深的傷口。我用指尖搓掉凝固的血，仔細用指尖去除卡在傷口的小石子。我的眼角滲出淚水，不由自主地咬緊牙根，但疼痛停留在腦袋深處某個很遙遠的地方。

浴巾折疊整齊，放在洗衣機上方的小櫃子裡。收在塑膠盒中的藥物也在同一個櫃子。洗髮精、肥皂、牙刷、刮鬍刀、髮膠等等，全都整理得有條不紊。我心想，草太是個很有秩序的大人。像這樣展現一絲不苟個性的所有細節，都讓我無限感傷。我借了一條毛巾擦乾全身，拿了塑膠盒裡的傷口用貼布貼在腳底。

我穿著內衣用吹風機吹乾頭髮之後，從運動包裡拿出制服。千果送我的衣服已經變得破破爛爛，因此我必須換一套衣服。我穿上白色襯衫及深綠色裙子，並穿上深藍色的襪子。我把紅色緞帶緊緊綁在胸口。接著我用髮圈把頭髮綁在後面，在很高的位置綁馬尾。這時我才發現，我和離開九州那一天穿著同樣的服裝，綁著同樣的髮型，然而我身上有某樣東西決定性地消失了——連結我和世界的某種類似重石的東西，已經完全不見。我感到很不可靠，就好像外表沒變，體重卻變成一半，彷彿身體被灌入空氣撐大一般。我仍舊在生氣。沒有經過我的同意就單方面地硬塞給我，然後又毫不講理地從我手中奪走。又來了？我心想，別把我當傻瓜！我想要對這世界的負責人、或是神明之類的存在怒吼。我瞪著映在洗手台上方的鏡子中、自己有些變瘦的臉孔，小聲地說：「別把我當傻瓜。」然而這個聲音卻因為想哭而顫抖，連自己聽了都覺得窩囊。

離開房間之前，我迅速整理了一下散落在地上的書。我不知道書架的排列規則，因此把這些書在地上疊成膝蓋左右的高度。接著我關上窗戶與窗簾。

「草太，我要借用你的鞋子。」

我低聲說完，穿上草太放在玄關的黑色工作靴。雖然尺寸太大，不過我緊緊綁起鞋帶，把這雙大鞋綁在自己的腳上。接著我鎖上公寓的門，走向車站。

時間才早上剛過八點。

街上總算開始出現上班與上學的人潮。我混入默默走向車站的人群中，在腦中屈指數一、二、三……

第五天。

這是我認識草太以來，第五天的早上。

＊＊＊

我原本打算先到東京車站，再從那裡轉乘新幹線。如果是這樣走的路線，我就不需要再看手機。

我沿著神田川沿岸的人行道走（昨天蚯蚓就是出現在這裡的堤防沿岸），在十字路口轉彎，穿過很大的橋，就到達御茶之水站。現在正值尖峰時刻，站前擠滿了各年齡層的人。

「喂，妳等一下！」

我正要爬上通往驗票閘門的斜坡，就聽到附近有人在喊。不過應該不是在叫我。這種地方不可能會有我認識的人。

「鈴芽！」

「咦？」

我不禁回頭。站前的接送區停了一台鮮紅色的敞篷車，駕駛座的男人正在瞪我。

「……芹澤？」

這個男人昨天曾造訪草太的住處，似乎是草太認識的人。他穿著黑色夾克，紅色V領上衣的胸口掛著繁複的銀色首飾。

「你怎麼會──」

「妳要去哪裡？要去找草太嗎？」

他打斷我的問題，隔著圓眼鏡以不悅的眼神看著我。我不知道他為什麼會出現在這裡，不過以不悅的程度來說，現在的我也不會輸給他。

「……我要去找門。」

我用他聽不見的聲音，在嘴巴裡小聲說。

「啊？」

「抱歉，我在趕時間。」

我轉身背對他。

「喂，等等，妳知道我找妳找了多久嗎？」
他從我身後抓住我的手臂。
「哇，幹什麼？」
「妳說妳是草太的表妹，是騙人的吧？」
「跟你無關吧？放開我！」
「上車吧。」
他從車子探出身體，抓著我的手對我說。
「什麼？」
經過的上班族紛紛注視我們。
「為什麼我要——」
「妳要去草太那裡吧？不論那是哪裡，我帶妳去吧。」
「你為什麼要帶我去？」
「關心朋友不行嗎？」
他直視我的眼睛，用認真的聲音說。「朋友」這個詞讓我突然感到混亂，草太當然會有朋友。如果朋友在重要的考試沒有到場，我一定也會擔心，可是如果不是非常要好的朋友——

「啊，找到了！」

這時突然改從驗票閘門的方向聽見聲音。咦，這個聲音是——不會吧？

「環阿姨？」

「鈴芽！」

環阿姨撥開驗票閘門前方的人群，以衝鋒陷陣的氣勢跑過來。我不禁懷疑自己的眼睛。環阿姨在藍色夏季針織衫上圍了淡粉紅色圍巾，肩上背著很大的托特包，一副成熟女性假日風格打扮，但張大的眼睛卻布滿血絲。

「妳怎麼會在這裡？」

「哇啊～太好了～我找了妳好久！」

環阿姨用快要哭出來的聲音說完，抱著我把我從芹澤扯開。

「不准你再接近這孩子！否則我要報警喔！」

「什麼？」芹澤以驚訝的表情看我。

「她是誰？妳媽？」

「這男人就是來我們家的那個人嗎？鈴芽，妳被騙了！」

「什麼？」我不禁跟芹澤異口同聲地問。環阿姨似乎擅自做出某個結論，拉著我的手臂往驗票閘門走。

「來，回家吧！」

「等、等一下，環阿姨。」

「快點！」

我停下腳步，甩開她的手。

「對不起，環阿姨，我還不能回去。」

我說完交互看著目瞪口呆的芹澤和紅色敞篷車。只能這樣了。我打開車門，迅速坐進芹澤旁邊的位子。

「芹澤，請你開車吧。」

「啊？喔，好、好吧！」

芹澤似乎這才想到原本的目的，轉動車鑰匙。引擎發出誇張的聲音。

「等、等一下，鈴芽！」

環阿姨跑過來，眼中布滿血絲。這個人搞不好真的會報警。

「芹澤，快點！」

「喂！鈴芽！」

環阿姨抬起穿著寬褲的腳，踩在敞篷車的門上。

「哇？」芹澤瞪大眼睛。

「我不會讓妳一個人去！」

環阿姨越過車門，以跌落的氣勢把屁股放入副駕駛座。

「環阿姨，妳在做什麼？下車！」

「鈴芽，妳到底打算怎麼樣？這根本就是離家出走嘛！」

「我有傳ＬＩＮＥ給妳呀！」

「可是妳都對我已讀不回！」

芹澤看我們大聲鬥嘴，便說「喂，冷靜點」。經過的上班族紛紛皺起眉頭，悄悄地在議論。

「大概是情敵在吵架吧。」「一定是三角關係。」「大概是男公關跟客人。」「好激烈的衝突場面。」

才不是！——我很想大聲喊。就在這個時候——

「吵死了。」

從後座傳來小孩子的聲音。我們反射性地回頭。

後座端坐著一隻小貓——是大臣。他依舊一副瘦削憔悴的姿態，一雙黃色大眼珠瞪著我。

「貓說話了？」

芹澤和環阿姨在我兩邊同時喊。

「啊？」我迅速裝出笑臉。「貓怎麼可能會說話？」

「這——」兩人面面相覷，再度轉向貓。

「……說得也對！」他們異口同聲地說。沒錯沒錯，貓當然不會說話。嗯，沒錯，貓怎麼可能會說話。兩人各自喃喃自語。為了不讓他們想得更多，我連忙操作方向盤旁邊的導航系統。

「更重要的是——」

我輸入地址，點了確定按鈕。合成語音以突兀的開朗聲音說「目的地設定完成」。

「芹澤，既然你要帶我去，那就去這裡吧。」

「什麼——」芹澤湊向前看導航系統，驚訝地說，「這麼遠？」

「你不是說，不論去哪裡都要帶我去嗎？」

「咦?這裡不是……」

環阿姨也盯著螢幕感到驚訝。我通過兩人之間到後座,在座椅上坐好。我不能讓環阿姨報警,也不能回到九州。我不知道芹澤是什麼樣的人,不過既然他說要帶我去,那就讓他帶我去吧。環阿姨如果不願意讓我一個人去,那就隨便她跟來。大臣不知道在想什麼,已經在座位邊緣縮成一團。

不管怎樣都可以。大家按照自己的意思行動就行了,跟我無關。我要去找我的後門。我一邊繫上安全帶一邊看著芹澤,很肯定地說:

「拜託,我一定要去那裡。」

「真的假的……」

芹澤注視我的眼睛片刻,然後似乎放棄爭辯,嘆了一口氣。他拉起手剎車,低聲說:

「看樣子今天是沒辦法回來了。」

* * *

車子從車站前方出發，在寬敞嶄新的道路上行駛一陣子之後，通過收費站進入首都高速公路，加快速度。

沒有人說任何話。

芹澤默默無言地握著方向盤，環阿姨不悅地瞪著街景，大臣在我旁邊的座位縮起身體在睡覺。直接吹入敞篷車的風和強勁的加速度，把我的身體壓在座位上。九月早晨的天空一片透明蔚藍，風中帶著溼氣。

我緩緩地閉上眼睛。

每當汽車出入大樓的影子，我的眼瞼內側就會閃過蠕動的怪異圖案。當我仔細盯著這些圖案，我感覺到塞滿腦中的各種情感的輪廓逐漸融化：憤怒變得模糊，焦慮變得模糊，寂寞變得模糊。在此同時，原本一直繃緊的全身肌肉逐漸流失力氣。只有現在——我在逐漸融化的意識中想著——只有現在，我應該容許自己閉上眼睛，放鬆力量，讓情感變得模糊；只有現在，暫時把一切交給不認識的某個人的駕駛，以及汽車的加速度吧。下次醒來時，我大概又得面對另一個現實，必須戰鬥。短短幾個小時之後，我一定得面對另一項挑戰。不過只有現在——

我想著想著，就如被拖入溫暖的泥濘般睡著了。

你在找的東西是什麼

我在後座睡著之後，過了一陣子，芹澤耐不住沉默開始播放音樂（這是我事後聽說的描述）。他操作安置在方向盤旁邊的手機，藏在兩邊車門中的大喇叭就開始播放鼓聲與吉他的開朗前奏，接著爽朗的女主唱就開始歌唱。

『為了見他的媽媽～我現在獨自搭上電車～（註11）』

這是幾十年前的日本老歌。芹澤用握著方向盤的指尖敲著節奏，愉快地跟著唱。

註11：此為荒井由實（松任谷由實）於一九七五年發行的〈ルージュの伝言（口紅的留言）〉，後來曾作為吉卜力電影《魔女宅急便》的片頭曲，因此芹澤才會把這首歌和旅途及貓扯上關係。

『斜眼看著車窗外～接近傍晚的～街景和車流～』

「吵死了。」

環阿姨瞪著還不太清楚來歷的年輕男人，喃喃地說。

「踏上旅途就要聽這首歌曲吧？而且還有貓。」

「啊？」

「那隻貓是鈴芽的貓嗎？」

他這麼問，環阿姨也無法回答，只能不悅地說：

「我們家才沒養貓。」

芹澤用一隻手搜尋儀表版內，從皮夾中抽出一張卡片。

「我叫芹澤，是令嬡朋友的朋友——應該是。」

環阿姨用手指夾起遞過來的卡片。這是學生證。照片中的芹澤一頭剛睡醒亂翹的金髮，戴著圓眼鏡，一副想睡的樣子。旁邊寫著芹澤朋也的姓名和出生年月日、隸屬學系等。

「……教育學系？」

環阿姨皺起眉頭。從這個男生輕佻的外表來看，未免太不相稱了。

「嗯，因為我想當老師。」

芹澤簡單地回答。

「……我姓岩戶。」環阿姨把學生證還給他，簡短地報上姓氏。

「俗話說，彼此相逢也是緣分。長途旅行中，就讓我們好好相處吧。」

雖然不知有什麼好笑，不過芹澤抬起嘴角這麼說，然後突然換檔。車子像激烈咳嗽般劇烈搖晃，邊搖邊增加速度，超越前方的轎車。

「……真是破爛的車子。」

「這是二手的，超級便宜！」芹澤喜孜孜地說，「正常價格不會低於一百萬，不過在歌舞伎打工的學長特價賣給我。很帥吧？」

歌舞伎町（註12）？唉，算了──環阿姨嘆了一口氣。

「話說回來，你真的沒關係嗎？單程也要花七小時以上耶？」

「沒關係。在找草太的不是只有令嬡。」

註12：歌舞伎町是新宿地名，有許多聲色場所聚集。

「鈴芽不是我的女兒，是——」

環阿姨望著流動的路面，思索片刻之後開口：

「她是我外甥女，是我姊姊的小孩。我姊姊過世之後，由我收養她。這孩子原本就在單親家庭長大。」

「啊？」

或許是因為突然談起身世話題令芹澤感到困惑，他只是含糊地回應，不過環阿姨不介意地繼續說下去。

「姊姊的死可以說是工作中的意外，反正就是很突然。我得到聯絡之後，匆匆忙忙地去找鈴芽。那孩子沒有其他可以依靠的人。」

環阿姨沒有看對方的臉，只是低著頭說話。她一直想要對某個人說出來。不論是誰都好，她希望有人能夠聽她說。在前往東京的新幹線上，當她瞪著窗外的景色，也一直回想起這件事，一直在思考。

「當時鈴芽才四歲。我跟鈴芽說，跟阿姨一起去九州好不好，她就點頭。不過那天晚上，她突然不見了。她瞞著我去找媽媽，結果迷路了。那是三月還在下雪的寒冷日子。我在離開老家之後，在九州住了很久，所以很訝異三月竟然還這麼冷。

想到鈴芽在這麼寒冷的夜晚跑到外面，就擔心得不得了。我在黑暗的街上找了好久。」

她至今仍舊能夠清晰想起那天晚上的不安與恐懼。她一邊大聲呼喚「鈴芽，鈴芽」，一邊走在泥濘的地面上，拿著手電筒照亮陰影處。光是想到萬一發生什麼事，她就幾乎停止呼吸。那天晚上就好像漫長的惡夢。

「當我總算找到鈴芽時，她蜷縮在積雪的原野上，抱著媽媽替她做的心愛的兒童椅。我看到她那副樣子，就感到很心痛——」

環阿姨心痛地抱住我——幼小的鈴芽，流著淚說「妳來當我家的小孩哪」。她至今仍記得當時抱住的身體是多麼嬌小、多麼冰冷。

汽車渡過架在荒川上的巨大的橋。遠處的鐵橋上，銀色的火車正在平行前進。河邊褐色的操場上，男女混合的足球隊在踢球。環阿姨望著他們，望著好似被灑上光點的河面，瞇起眼睛。十二年了——她喃喃地說。

「……沒錯，算一算也已經十二年了。我帶她回九州之後，一直都是兩個人住在一起。可是——」

環阿姨聽到「咻」的聲音轉頭，看到芹澤面無表情地在抽菸。

「──啊。」

芹澤發覺到環阿姨的視線，以平淡的口吻說：

「妳討厭菸味嗎？」

環阿姨不禁苦笑。

「……反正這是你的車。」

沒錯，這個人是陌生人。自己不知道怎麼了，竟然對他談起這些話──環阿姨緩緩地恢復冷靜思考。幸好他是這種個性的小伙子，不會特別在意環阿姨說什麼，所以環阿姨也不用特別在意他的反應。彼此既沒有期待，也不會失望。他們頂多只會相處一天而已。既然如此，像這樣似乎對他人沒什麼興趣的小伙子最合適了。環阿姨做出這樣的結論之後，首度對芹澤產生類似好感的心情。芹澤津津有味地吐著煙，開口說：

「所以說，我們現在要去的就是鈴芽的老家。雖然不太明白情況，不過草太也在那裡嗎？」

「這個我也不知道。不過那裡現在什麼都沒有了。」

環阿姨說完，轉頭看後座。我還睡得很熟。

「你可以趁現在回東京嗎？這樣的話，這孩子應該也會放棄。」
「不行，我得收回草太欠我的兩萬圓。」
「什麼？」環阿姨無奈地說，「你真像是討債的。」
「哈哈。」芹澤彷彿受到稱讚般笑了。算了，管他的——環阿姨斜眼看著他的笑臉心想，這個小伙子絕對不適合當老師。紅色敞篷車越過縣界，在綠意開始增加的風景中往北行駛。「讓她來罵你～ My Darling ～」芹澤跟著音樂哼唱。

◆ ◆ ◆

我在搖晃的車上睡了很久。偶爾醒來，以浮出海面換氣的心情茫然望著風景，然後又像潛入水裡般繼續熟睡。
每當我醒來，周圍的風景都跟先前不同。有連鎖店林立的郊區主要幹道，有民宅零星分布的聚落，有沿途只有綠色植物的山間車道。不知從何時開始，路上遇到的車幾乎都是大型卡車。卡車前方掛著類似背號的布，「環境省」、「清除土壤」、「汙染土壤」等文字閃過我的眼前。我沒有思考任何東西的意志與氣力，只是讓那些文字通過視網膜，然後又睡著。

不知第幾次醒來的時候，汽車行駛在悠閒的小鎮。道路是平滑沒有凹凸的柏油路，道路旁邊的白線和黃色中央線就好像剛塗上去般耀眼，但仔細看經過的屋子和商店，全都是棄屋，並且被綠色植物覆蓋一半左右。斜斜地停在停車場的汽車、仍舊敞開的窗戶、掛在門旁的午餐時間招牌等，看起來就好像把某人的生活暫停般，帶著某種奇妙的中途感，在道路兩旁靜靜地腐朽。在失去居民的小鎮當中，只有道路維持得很漂亮，筆直延伸，路上則只有卡車來往。這幅景象就好像夢的延續，我在眺望一陣子之後，再度像沉入爛泥一般睡熟。

我驚醒過來，感覺到剛剛好像在搖晃。

那的確是和車子的震動不同的搖晃。我往旁邊看，大臣也張開眼睛，環顧四周。

「剛剛是不是在搖？」

我問駕駛座的芹澤，他便悠閒地回答：

「喔，妳終於起來啦？現在輪到阿姨在睡覺。」

我探頭看前座，環阿姨深深靠在座椅上在打呼。

「妳們兩個看來都睡眠不足。」芹澤笑了笑。這時安置在方向盤旁邊的手機發出小聲的「嗶」的聲音。

「……真的耶，震度三。開車的時候都沒有感覺。」

不久之後，我的手機也短暫地震動。我看到手機收到通知：一分鐘前觀測到震度三的搖晃。

「停車！」

「什麼？」

車子停在路肩之後，我跳下車，環顧四周。道路兩旁的草木生長茂密，像是要覆蓋整片土地般。這裡有「此地為返回困難區域，禁止進入」的告示牌和鐵柵欄，柵欄內有一條被雜草埋沒的小徑，更遠處有一座高出來的山丘。

「喂，等等，鈴芽！」

芹澤在我背後喊，但我不理會他，穿過柵欄縫隙，衝上斜坡。

我站在山丘上回頭，看到底下綠色的風景。民宅與電線桿彷彿屏住氣息，零星地躲藏在樹木之間。我全身微微冒汗，凝視這樣的風景。

「沒有出現……」我喃喃自語。這時從腳底傳來地鳴。我立刻低頭看地面，感覺到些微的搖晃，埋沒在草中的小石子發出細微的「喀喀」聲。我屏息注視，但搖晃逐漸平息。我抬起頭，再度環顧周圍的景象。

沒有出現——我再度喃喃自語。

四周完全不見蚯蚓的身影，地鳴也已經消失了。

我心想，是草太在壓制蚯蚓。他成為要石，封住蚯蚓。我想起在東京後門看到的那幅景象，想起黑色山丘與插在那裡的椅子，內心就充滿悲傷。那是絕對孤獨的光景。

這時我忽然聽見雜草搖晃的聲音。

「……大臣。」

大臣似乎是跟著我來的，端坐在稍遠的地方。他把浮現骨骼輪廓的背部朝向我，靜靜地俯視街景。

「你到底想幹什麼？」

我發出尖銳的聲音。小貓仍背對著我。

「你為什麼不說話？喂！」

沒有反應。我把掛在制服襯衫裡的關門師鑰匙連同胸前的緞帶一起握緊。

「即使不是關門師——」我已經不期待回答，小聲地自言自語。

「任何人都能成為要石嗎？」

「喂～」

我聽到悠閒的聲音抬起頭，看到芹澤把雙手插在口袋裡爬上斜坡。

「鈴芽，妳怎麼了？不要緊嗎？」

他邊走邊抬頭看我的臉，以沒有太擔心的口吻這樣問。

我回答：「抱歉，沒什麼。我們得趕路才行——」

我說完開始走下斜坡，但芹澤卻和我擦肩而過，繼續爬上山丘。我不禁停下腳步，看著他的背影。芹澤站上山丘頂端，舉起雙臂，在頭上交叉，深深吸了一口氣。

「呼～身體好僵硬！應該已經來到一半了吧。」

他邊說邊取出口袋裡的香菸盒，叼著其中一根，用打火機點火。他以冒著汗水的臉俯視街景，舒服地吸菸。

我放棄催促，和芹澤眺望同樣的景象。我這才想到，在我睡了這麼久的期間，芹澤一直在開車。我連這種事都沒有發覺，實在是太欠缺從容的態度了。即使現在，我仍舊感到焦急。不過——

「風好舒服。這裡比東京稍微涼一點吧？」

芹澤說。底下是一片綠色的田園景色。風吹拂著草地，使周遭充滿了類似波浪聲的聲響。有幾面屋頂反射中午的太陽耀眼的光線。一台卡車緩緩駛過，彷彿在風景當中畫界線。在那後方，可以看到細細的藍色海平線。杜鵑在某處叫著。芹澤似乎感到刺眼，瞇起眼睛說：

「這一帶原來這麼漂亮。」

「什麼？」

我凝視著這幅景象，忍不住喃喃地說。

「這裡──漂亮？」

日記本中的白紙被黑色蠟筆塗滿──眼前的風景讓我聯想到的，是這樣的記憶。也因此，我純粹地感到驚訝。漂亮？

「嗯？」

芹澤看著我。不行，我還是沒辦法保持從容的態度。

「對不起。」

我說完，開始走下斜坡。我在口中喃喃自語：我得趕快過去才行。大臣也默默無言地跟在我身後。背後傳來芹澤一副無奈地開始走的腳步聲。「喂，小貓。喂～」他在對大臣說話。

「這一家人感覺都抱著很深刻的問題。」

……我聽得見。

我回頭瞪他，看到他後方的積雨雲閃了一下。不久之後，就聽到低沉的雷聲。我抬頭看天空，成群烏雲彷彿要逃離不祥的某樣東西，以飛快的速度隨風流動。

＊＊＊

『你在找的東西是什麼～是很難找到的東西嗎～（註13）』

芹澤的手機播放的音樂，都是日本老歌。

這些歌大部分都是我沒聽過的，不過現在播放的這首歌曲感覺好像在哪裡聽過。芹

註13：這首曲子是井上陽水於一九七三年推出的〈夢の中へ（前往夢中）〉，曾被多次翻唱，也曾出現在廣告、電視劇中。

澤似乎不介意板著臉繼續沉默的我和環阿姨，照例愉快地哼唱著歌詞。「在皮包裡和抽屜裡都找過了，但是都找不到——」

「啊，下雨了。」

前座的環阿姨忽然喃喃地說。

「真的假的！」

芹澤的聲音中難得顯露出感情。在敞篷車內抬頭看，天空已經被灰色的雲層覆蓋，柏油路上的黑色斑點轉眼間就增加。大顆的水滴也落在我的臉頰上。

「這下糟了……」芹澤以異乎尋常的悲哀口吻說。

「什麼糟了？這台車應該有車頂吧？快點關上。」

「呃，這個嘛……我試試看。」

芹澤說完，按下排檔桿旁邊的按鈕，我背後突然響起馬達聲。我回頭看到後車廂打開，從那裡出現折疊的車頂。我不禁用視線追隨它移動。車頂像變形金剛般上下分離，下方的部分來到我的頭上就停住了。

「哇啊……」

我不禁發出小孩子般的驚嘆聲。敞篷車實在是太神奇了。上方的部分緩緩向前滑動，蓋住前座的上方。然而——

「喀！」車頂發出卡住的聲音停下來。我坐的後座已經完全密閉，但前座的車頂還有三十公分左右的空隙。

「嗯？怎麼搞的？」

環阿姨發出詫異的聲音。雨勢忽然增強，大雨嘩啦嘩啦地直擊前座的芹澤和環阿姨。芹澤的夾克和環阿姨的夏季針織衫都被雨點打溼成黑色。「哈！」芹澤似乎感到可笑，發出笑聲。

「還是沒好，哈哈。」

「有什麼好笑！」環阿姨發出尖叫。「喂，這下子怎麼辦？」

「別擔心！馬上就到下一個休息站了！」

芹澤邊笑邊操作導航系統，合成語音開朗地說：

『距離休息站還有四十公里左右。所需時間是三十五分鐘。』

「還遠得很哪！」

環阿姨大喊，閃電也好像在呼應她，一閃又一閃。雨下得越來越大。

唉，我無力地嘆了一口氣。果然還是應該自己一個人搭新幹線的。不過現在已經太遲了。反正目的地已經沒有多遠。「前往夢中～前往夢中～你想不想要前往夢中～」汽車音響播放的歌聲，聽起來像預告未來的占卜師般充滿自信。

左大臣登場

當我們總算到達沿海的休息站時，兩人全身都已經溼透了，看起來就像半夜偷偷跑到游泳池、穿著衣服游泳的一對蠢情侶。他們說想要換衣服、擦乾身體、用餐、上洗手間，要我也一起去，但我拒絕了。我完全沒有心情在餐廳吃拉麵，肚子也一點都不餓。我搖頭，環阿姨便嘆了一口氣，跟芹澤並肩走入休息站的建築中。我在停在停車場的車子後座抱著膝蓋，凝視著被昏暗的海面吸入的雨水。大臣也依舊在我旁邊蜷曲著身體，不發一語繼續睡覺。

◆◆◆

正當我望著雨點的時候——

環阿姨進入洗手間，換上帶來的另一套服裝（白色背心與薰衣草色的開襟毛衣），面對鏡子迅速補了脫落的妝。光是這樣，她就覺得冷掉的心情稍微恢復了一些。接著她在餐廳點了「漁民的隨興定食」，坐在和芹澤不同桌獨自用餐。這座休息站的建築幾年前才剛重建，因此還很新。餐廳的天花板很高，空間也相當寬敞。環阿姨用完餐後喝了熱茶。從九州出發之後，這是她第一次鬆一口氣。

雖然還有許多問題，不過總算見到了鈴芽——環阿姨內心這麼想。因為事情發展的關係，到頭來要回老家一趟，而且也不知道據說在那裡的那個叫草太的男人是誰，不過只要到老家見到那個男人，鈴芽應該也可以滿足了。這是戀愛嗎？這種事也不是不可能發生。話說回來，為什麼現在才忽然想要回老家？

……也許這是鈴芽確認自己身分的一種過程也說不定。環阿姨思索片刻，試著想像這樣的可能性。不論怎麼說，鈴芽都還很年輕。在自我成長與建立人際關係的過程中，或許產生了確認自己根源的必要性。嗯，一定是這樣。回到睽違許久的老家、整理心情之後，再度回到原本的生活——鈴芽想做的，一定就是這種每個人都會經歷的很普通的通過儀式。

環阿姨試著這樣想。事實上她完全無法想像，也找不出任何跡象，不過這樣想的話，她至少可以稍微感到安心。她想到自己大概後天開始可以再去上班，忽然決定打電話給阿稔。

『——什麼？妳們跟男公關在一起？』

阿稔聽完環阿姨簡單說明狀況，在電話中大聲問。

「沒有啦，我沒有說他真的是男公關，只是說感覺很像貧窮的男公關……沒有沒有，感覺應該不是騙人或被騙之類的情況。」

環阿姨把手機貼在耳朵上，瞥了一眼後方。芹澤坐在靠裡面的餐桌前，津津有味地吃著拉麵。環阿姨心想，他點的大概是魚翅拉麵吧。環阿姨原本有點猶豫要點那個還是定食。

『可是這樣太危險了！』阿稔說。他那裡似乎是晴天，電話中傳來黑尾鷗悠閒的叫聲。環阿姨腦中浮現漁會辦公室的舊窗框，還有窗外藍色的海平線。

『只有兩個沒什麼力氣的女人，而且車內又是密閉空間！』

「也不算是密閉空間，是敞篷車——」

『敞……？』阿稔的聲音不自然地拉高。

『敞篷車？那更不行！妳們在宮城的哪裡？休息站——大谷海岸——我知道了。請等一下——』

電話內傳來敲鍵盤的聲音。環阿姨想像到大個子、皮膚曬得黝黑、穿著T恤的阿稔——這輩子大概只開過小卡車和堆高機的他，為了自己拚命查資料的模樣。

『那裡的停車場現在剛好停了一台往東京的高速巴士，而且還有很多座位。我可以幫妳們訂位——』

「等、等一下！」

環阿姨連忙制止他，對他說明既然來到這裡，就打算要回去老家一趟，這樣鈴芽一定也會心滿意足。「你也知道，就像通過儀式一樣。青春期的人都會經歷這樣的過程吧？」她滔滔不絕地說著好像聽誰說過的理論，然而在說明的同時，她腦中某個角落卻忽然想到，不對，一定完全不是這麼回事。環阿姨在說話時，終於承認自己心中感覺到的不對勁，以及不祥的預感。事情的發展大概不會像她期待的那麼簡單。鈴芽內心的想法、遇到的問題，一定遠超過她的想像——雖然沒有任何依據，但環阿姨憑本能如此確信。

「我後天就會回去，在那之前就麻煩你了。」她對阿稔說了自己都已經不相信的話，然後掛斷電話。

◆◆◆

距離目的地開車還有一小時四十五分鐘。

我強迫自己把視線從手機地圖移開，深深吸入因為雨水與海風而潮溼的空氣。快要到了，馬上就要到了。我安撫自己急著想要向前的心情，緩緩地從胸腔吐出空氣。

接著我點了地圖的選單，顯示軌跡紀錄。我把地圖縮小到可以在手機畫面中顯示日本列島，上面以藍線顯示到這裡經過的路線。從宮崎搭渡輪到愛媛，從愛媛搭車橫跨四國到神戶，再搭新幹線到東京。接著沿著太平洋，經過千葉、茨城、福島，目前所在地是宮城。幾乎橫跨整個列島的這條線旁邊，顯示著1630公里的數字。我經歷了這麼遙遠的距離，所以不要緊——我在心中鼓勵自己。即使是常世，我一定也能前往。

就在這個時候，突然從腳下湧起不舒服的感覺，讓我不禁抬起屁股。低沉的地鳴再度傳來。

「啊！」

拿在手中的手機震動，以紅字顯示「緊急地震快報」的文字。我跪在座位上環顧四周。停在左右兩邊的車發出「嘎嘎」的聲音上下搖動，積在停車場屋頂的雨水變成小小的瀑布猛烈地往下流。然而幾秒之後，搖晃的幅度就好像改變主意般變小，不久之後手機變得沉默，腳底感覺到的氣息不知何時也消失了，只有我的心跳仍舊相當劇烈。

「……草太。」

我握住襯衫內的鑰匙，不禁喃喃自語。

「草太，草太。」

今後還要反覆多少次這樣的情況？今後好幾年、好幾十年，每當地震發生，我就要想到孤獨地在那座黑色山丘上的草太嗎？即使草太能夠忍受，我也絕對無法忍受。

「草太，草太……」

我以祈禱的心情拚命地想著，我快要到你那裡了。我馬上就會去救你。

「——鈴芽！」

我聽到建築的方向傳來的聲音，抬起頭看到環阿姨正沿著屋頂下方朝著我這裡跑來。剛剛搖了一下吧？她邊說邊打開車門，坐進前座。她已經換成淺紫色的開襟毛衣，臉上稍微恢復了一點氣色。

「真討厭，一直發生地震……」

環阿姨以自言自語的口吻說完，用指尖整理被雨淋溼的瀏海。我詢問映在後照鏡中的臉：

「芹澤呢？」

「他還在吃飯吧？妳真的什麼都不用吃嗎？」

「嗯。」

「可是妳從早上就沒吃東西吧？」

「我肚子不餓。」

我聽見環阿姨輕聲嘆了一口氣。我們都沒有說話。雨繼續下著。雖然才剛過中午，但四周看起來就好像把亮度調到最低的手機畫面，非常昏暗。

「……鈴芽。」

環阿姨終於下定決心開口。

「我還是希望妳能對我說清楚。」

「……什麼事？」

「妳為什麼這麼想去老家？」

「那扇門——」我反射性地說到這裡，就無法說下去。「……對不起，我沒辦法說明清楚。」

「妳怎麼這樣……」

原本從後照鏡看著我的環阿姨從前座轉身。我們在這幾個小時以來首度直視彼此。

「妳給人家帶來這麼大的困擾。」

「什麼困擾——」我很想說，明明是妳自己要跟來的，但還是沒有說出來。我迴避視線，小聲地說：「反正告訴妳，妳也不會知道。」

我感覺到環阿姨好像倒抽一口氣，接著聽到粗暴的「砰！」的聲音，她突然打開車門，下車從敞篷車外面抓住我的手臂。

「回去吧。這裡有巴士。」

「什麼？」

「妳沒辦法說明清楚，臉色這麼蒼白，還故意什麼都不吃！」

「放開我！」

我甩開被抓住的手。

「妳才應該回去！我沒有請妳跟我一起來！」

「妳不了解我有多擔心嗎？」

環阿姨的聲音因為憤怒而顫抖。我反射性地喊：

「——就是這樣才會讓我感到沉重！」

環阿姨的眼睛突然張大。她咬住嘴唇，緩緩低下頭，肩膀上下起伏。她深深吸入空氣，彷彿周圍的空氣變得稀薄，然後吐出來。

「我已經——」環阿姨用沙啞的聲音緩緩地說。

「好累……」

我瞪著環阿姨。她筆直地站在停車場屋頂下的陰影處，低聲說：

「被迫領養妳之後，我已經花了十年全心照顧妳……我真像個傻瓜。」

咦？我感到詫異。被風吹來的雨滴接連打在我的臉頰上。

「畢竟是失去母親的小孩，我當然也會在意。」

環阿姨忽然露出苦笑。在她背後的遠處，是持續吸入雨點的黑暗的海。

「妳來我家的時候，我才二十八歲，根本還很年輕。那是我一生當中最自由的時候。可是自從妳來了之後，我就變得很忙，沒有充裕的時間。我沒辦法邀人來家裡，帶著拖油瓶也不可能順利找到結婚對象。像這樣的人生，就算有姊姊的錢，也一點都不划算。」

環阿姨的身影忽然變得模糊。過了片刻，我才發現是因為淚水。我的眼中充滿淚水。

「是——」我的聲音變得沙啞。「是這樣嗎……？」

我低下頭，發現大臣坐在門邊，張大圓圓的眼睛，同樣地注視著環阿姨。

「可是我——」

我並不想說這種話。

「我也不是自己想要跟妳在一起的！」

我明明不想說，卻喊出來。

「我沒有拜託妳帶我去九州！是妳自己提議，要我當妳家的小孩！」

鈴芽，妳來當我家的小孩哪。在那個下雪的夜晚抱緊我的溫度，我至今都還記得。

「我才不記得。」

環阿姨用冷笑的聲音說。她交叉雙臂，對我怒吼。

「妳快點離開我家哪！」

環阿姨的嘴角在笑。

「把我的人生還給我！」

然而她的眼睛卻在哭。不對——在這個瞬間，我想到「這不是環阿姨」。大臣在我旁邊，發出「哈～」的威嚇聲。環阿姨——或者應該說是環阿姨的身體——一動也不動地站著，從雙眼不斷掉下眼淚，卻只有嘴角露出笑容。

「你——」我忍不住問。「是誰？」

「左大臣。」

小孩子的聲音這麼說。

在環阿姨的身後，站著一個巨大的黑色剪影。

那是比汽車還要大的——黑貓。在昏暗的光線之下，眼尾往上的大眼珠綻放著綠色的光芒。

「左大臣……？」

就在我小聲重複的時候，大臣發出低沉的吼聲跳下車，踢了踢停車場的地面，毫不猶豫地撲向那隻巨大黑貓的臉。兩隻貓發出女人尖叫般的高音糾纏在一起。黑貓巨大的身軀倒下來，兩隻貓在地面打滾格鬥。

「什麼——？」

我腦中依舊一片混亂，呆呆地看著他們像是在打架的行為。這時直立在我面前的環阿姨的身體忽然搖晃了一下。就好像吊著娃娃的線突然斷掉，她倒在地面上。

「呃，這、怎麼了……環阿姨？」

環阿姨俯臥在地上沒有動彈。我連忙從車上跳下來，蹲在她旁邊。

「環阿姨！妳怎麼了？不要緊嗎？」

我把手插入她的脖子後方，讓她把頭朝上，轉動她的上半身。她的胸部上下起伏。她在呼吸。這時我忽然發現貓的尖叫聲停止了，立刻抬起頭。

「什麼？」

我不禁懷疑自己的眼睛。原本像馬一樣大的黑貓，已經變成一半左右的大小。大臣被咬住脖子後面，在黑貓的臉下方左右搖晃，這幅景象簡直就像母貓和小貓。黑貓緩緩地開始走向我——每走一步，身體就縮小一些，彷彿遠近法則被打亂了一般。黑貓越接近我就變得越小，在經過我身旁跳入敞篷車時，已經變成跟大型犬差不多的大小。

「怎麼——」

我無法理解發生了什麼事。難道說黑貓先前巨大的身影是我眼睛的錯覺，其實一開始就只是比較大隻的貓嗎？我目瞪口呆地看著上了車的兩隻貓。黑貓鬆開口中的大臣，兩隻貓便端坐在後座，同時抬起頭看我。黑色的毛、綠色眼珠的大型貓，以及白色毛、黃色眼珠的瘦巴巴的小貓，外表雖然差很多，但注視我的眼睛給人的印象卻非常相似。

「大臣和……左大臣？」

我不禁喃喃地說。不知為何我忽然想到，兩隻貓是從同一個地方來的。他們的眼睛雖然看著我，但視線卻穿透我，在注視另一邊的世界。

「鈴芽……？」

環阿姨在我的手臂中發出沙啞的聲音。

「環阿姨！」

她以有些朦朧的眼神抬頭看我。

「我為什麼……」

「環阿姨，妳不要緊嗎？」

她的臉上突然恢復生氣。

「啊，那個，我……」環阿姨快速說話並站起來。

「抱歉，我過去一下！」

她說完快步跑向建築。我一時無法使上力氣，仍舊跪在地面，目送她的背影。當環阿姨的身影消失在自動門內，我緩緩回頭看車內。座位上的黑白兩隻貓貼在一起蜷曲身體，一副完成任務的態度，喉嚨咕嚕咕嚕響，似乎打算要睡覺。

雨勢不知從何時開始已經轉弱了。

◆ ◆ ◆

「芹澤！」

從背後被呼喚時，芹澤正一手拿著霜淇淋，看著夾娃娃機的贈品。都來到這種地方了，就買些具有當地特色的禮物回去當紀念吧——正當他茫然地這麼想時，就聽到迫切的聲音呼喚自己的名字。

「什麼事？」

他回頭，看到站在自己眼前的是哭花妝容的環阿姨。饒了我吧——芹澤反射性地想。

「我好像有點奇怪……」

「啊？」

「我為什麼會說出那種話——」環阿姨邊說邊用雙手遮住臉。

喂喂喂——芹澤在內心想。環阿姨開始發出聲音哭泣。

「等、等一下……」

芹澤連忙走近她。「嗚哇啊啊啊！」環阿姨發出小孩子般的哭聲。餐廳和特產店的店員和客人紛紛看著他們。饒了我吧——芹澤內心又這麼想，然後小聲地問：

「妳、妳怎麼了？」

環阿姨沒有回答，只是不斷地抽噎。

「呃，妳不要緊嗎？不要在這種地方哭——」

芹澤彎下腰想要看環阿姨的臉。

「啊！」

他手中的霜淇淋只有冰淇淋的部分掉到地上。饒了我吧——他心裡再度想，他才舔兩口而已。他俯視著短髮的小小的頭和顫抖的瘦小肩膀，心裡想：為什麼我要在陌生的鄉下休息站，面對一個大概比我大將近二十歲的陌生女人哭泣？

「嗚哇啊啊～嗚、嗚、嗚哇啊啊～」

此刻芹澤也只能無奈地把手放在環阿姨肩上，溫柔地輕輕拍打。環阿姨哭得更大聲了。周圍的人彷彿在迴避陷阱般，與兩人保持一段距離繞過他們。芹澤忍住很想發出來的嘆息，仰望天花板，口中喃喃地說「問題太深刻了」。為了避免環阿姨哭得更大聲，芹澤盡量壓低聲音，避免被她聽到。

希望妳做的事

『不要再吵架～阻止那兩人，不要再為我爭鬥～（註14）』

芹澤播放與氣氛格格不入的昭和歌曲。我當然也發覺到，這大概是他傳遞給我們的訊息。

註14：這首曲子是河合奈保子於一九八二年推出的單曲〈けんかをやめて（不要吵架）〉，由竹內瑪莉亞（竹内まりや）作詞作曲。

「吵死了！」

然而坐在前座的環阿姨卻冷冷地說。我也有同感。吵死了，多管閒事。

「什麼？我是配合乘客選歌的耶！」

芹澤一副非常遺憾的口吻，邊開車邊回應。離開休息站之後，紅色敞篷車行駛在防潮堤與田地之間悠閒的鄉村道路，幾乎沒有其他車輛或行人。「對不起～都是我不好～玩弄兩人的心～」芹澤哼著我好像聽過又好像沒聽過的懷舊老歌，過了一陣子瞥了我一眼說：

「鈴芽，天氣好的時候，坐在這台車上很舒服吧？」

我沒有理會他，咬了雙手拿的特大奶油三明治。在那之後，我忽然肚子很餓，便在休息站買了這個三明治和盒裝牛奶。我把柔軟的麵包塞滿嘴巴，和牛奶一起吞進肚裡。咕嚕。甜甜的麵包非常美味，吃下去彷彿身上每一個細胞都感到喜悅。環阿姨似乎感到很尷尬，在那之後就沒有跟我說話。不過在那之後——彼此在停車場怒吼之後，我覺得好像有某樣東西稍微改變了。行駛在雨後清爽空氣中的敞篷車，的確非常舒服。天空和雲就好像換掉了舊的畫框，看起來格外鮮明。空氣似乎比以前含有更多氧氣，呼吸好像也變得輕鬆了。

「氣氛好沉重。」

芹澤默默地交互看著我們，露出苦笑說。

「喂，那是新來的嗎？」

他邊說邊瞥了一眼後照鏡。占據後座半邊座位的大黑貓喉嚨發出咕嚕聲，舔著小白貓的毛。

「沒想到會增加一隻……不過這隻貓也真大。」

芹澤似乎感到很有趣。

「啊，彩虹！這是好徵兆！」

我望向天空，的確看到前方的天空出現大彩虹。我內心讚嘆，但沒有說出口。環阿姨也什麼都沒說。

「……大家都沒有反應。」

芹澤似乎並不感到太介意地這麼說，然後叼了香菸，用一隻手點火。

「鈴芽，貓這種動物——」他一邊吐出煙，一邊用悠閒的口吻說。

「應該不會毫無理由地跟來吧？又不是狗。」

也許不會。不過相較於貓的天性，我此刻比較在意的是，在這種狀況仍舊能夠獨自繼續講話的芹澤，心智到底有多強韌。從東京出發已經過了八小時以上，我和環阿姨在他開車時一句話都沒有說。

他面向前方，繼續說：

「那隻白貓和黑貓，該不會是有什麼事一定要請妳幫忙吧？」

「沒錯。」

小孩子的聲音回答。

「咦？」

所有人都注視著我旁邊的黑貓。黑貓——左大臣——抬起頭，一雙綠色的眼睛注視著芹澤。接著這雙眼睛緩緩地轉向我，眼中具有明確的智慧。

「必須藉由人類的手恢復原狀。」

「看吧！」芹澤和環阿姨以驚訝的表情異口同聲地喊。

「貓說話了？」

就在這個時候，在超出中央線的敞篷車前方，有一台卡車逼近。卡車司機驚訝地按起喇叭。

「哇啊啊！」

所有人都發出尖叫。芹澤把方向盤用力往左邊轉。卡車發出急剎車的聲音，在千鈞一髮之際擦過敞篷車側面。我們的車旋轉了一圈，隨著「喀！」的聲音，保險桿壓在堤防邊緣停下來。

幸好沒事——我才剛這麼想，車子的前輪便開始緩緩越過堤防上的雜草。

「咦？」

汽車緩緩地繼續前進，沿著堤防傾斜。

「喂喂喂——」

芹澤連忙換檔，踩下油門想要倒車，但車身卻更加前傾，後輪從地面浮起來。

「不會把，等等……！」

車子已經完全離開道路，沿著雜草覆蓋的三公尺左右的陡坡緩慢地滑落。輪胎拚命地想要倒車，徒勞無功地在草上摩擦，然而汽車卻持續往下。隨著沉重的撞擊聲，車子前方撞到地面。「砰！」駕駛座與副駕駛座的安全氣囊發出盛大的空氣聲膨脹。坐在前方的兩人呆呆地看著這幅景象。接著又從我背後傳來「嗡～」的馬達聲。我回頭看到後車廂打開，折疊起來的車頂冒出來。車頂邊滑動邊分離為兩片，然後「砰」一聲完全遮蔽了我們的上方。

「啊，恢復正常了。」

芹澤以恍惚的聲音這樣說，然後小心地打開門。門受到重力吸引，脫離芹澤的手，完全打開之後又稍微彈回一次，然後發出「啪」的聲音從車身掉落到地面。側後視鏡破裂的聲音，清脆地在悠閒的田園中響起。

「——不會吧？」

芹澤以平淡的聲音喃喃自語。

就這樣，載著我們從東京行駛六百公里的芹澤的愛車，在抵達目的地之前就沉默了。在很近的某處，野鳥愉快地發出「嗶～嗶～」的叫聲。

＊　＊　＊

當我朝著駛來的汽車豎起大拇指，拚命地嘗試搭便車時——在斜坡下方田地旁邊的草地上，兩名大人依舊呆呆地看著以四十度的角度靠在斜面上的車子。

「真的好危險……等等！」

環阿姨總算把視線從車子移開，壓低聲音對芹澤說：

「剛剛那隻貓真的說話了吧？」

聽到這句話，原本在環阿姨旁邊悲傷地看著自己愛車的芹澤也恢復清醒，壓低聲音對環阿姨說：

「的確在說話沒錯吧？不是我幻聽！」

「真的在說話！甚至一開始，那隻小貓也在說話！那隻貓在車站前面時說了『吵死了』！」

「沒錯！那隻貓果然也有說話！那是怎麼回事？靈異現象？」

「怎麼可能——」

另一方面，我想搭便車的計畫看來並不容易實現。斜坡上的道路很窄，只能勉強容得下兩台汽車會車，周圍則是蓄水的水田。沿著道路只有等間隔排列到無窮遠的電線桿。在這樣的風景當中，等了十分鐘好不容易遇到的休旅車絲毫不理會揮手的我，完全不減速就通過我面前。駕駛座上戴著工作帽的歐吉桑看到我，明顯皺起眉頭，不知是因為我的態度太急迫，還是因為旁邊的黑貓太巨大而感到驚訝，或者兩者皆是。總之，下次我決定要以滿面笑容揮手。不過又經過五分鐘以上，都沒有下一台車經過。我朝著斜坡下方大聲喊：

「芹澤～剩下十公里左右的距離吧？」

我不能繼續卡在這種地方。芹澤把上半身探入車門脫落的車身裡，操作導航系統，然後對我喊：

「距離目的地還有二十公里！還有點遠。」

「我要跑過去！芹澤，環阿姨，謝謝你們陪我到這裡！」

我喊完就開始奔跑。我聽見背後傳來兩人驚訝的聲音，不過這段距離並不是不能用跑的。黑貓也叼著大臣跟著我。雖然連他們的身分和目的都不知道，不過對於隨時在我身邊的這兩隻貓，我現在開始覺得有點可靠了。

◆◆◆

「什麼？用跑的？不會吧？」

另一方面，兩個大人目瞪口呆，眺望著我離去的背影。環阿姨後來告訴我，當她看到我頭也不回地跑向前方，立刻就下定決心。她跳起來環顧四周，發現一台被雜草埋沒的腳踏車，便跑過去。

「咦？妳怎麼了？」

環阿姨沒有回覆芹澤，把腳踏車從雜草中拉出來，用雙手扶起生鏽的車身。這是一台前方有籃子的黃色腳踏車，沒有上鎖，而且很神奇地輪胎還有氣。

「芹澤，我也要去！」

環阿姨說完，雙手握住把手，推著腳踏車跑上斜坡。

「什麼？」

「謝謝你送我們到這裡！」

環阿姨說完來到道路上，跨上腳踏車。

「呃，等等。」

「你搞不好可以成為很好的老師！」

環阿姨說完，踩下腳踏車的踏板。

「喂！等等，等等——」

芹澤也連忙爬到道路上，卻只看到已經跑得很遠的我和貓，以及騎著腳踏車追我們的環阿姨的背影。不久之後，道路繞過彎道，所有人和貓的身影都消失在樹木後方了。

「……那兩個人到底是怎麼回事？」

芹澤雙手扠腰，呆呆地喃喃自語。他回頭，看到以他來說算是花費鉅資購買、並且非常珍惜的紅色 Alfa Romeo，從堤防下方同情地仰望著他。到底是怎麼回事？他對著愛車重複一次。他開了八小時的車，為了設法緩和車內氣氛，特地一直播放環阿姨那個世代應該會喜歡的曲子，結果突然失去車子，最後還被她們丟下自己一人。那一對似乎隱藏深刻祕密的阿姨和外甥女，頭也不回、很乾脆地離開了。

他忽然從肚子裡湧起笑意。「哈哈。」他笑了兩聲，感到更加愉快。

「哈哈哈哈……！」

太爽快了。芹澤大笑一陣子之後，抬頭仰望天空，把綠色植物的氣息深深吸入肺裡。接著他老實說出心中湧起的念頭。

「真羨慕草太那傢伙！」

我大概完成了某項任務——雖然沒有明確的理由，但芹澤不知為何這麼想。草太的事，交給鈴芽應該就沒問題了。而鈴芽有那位感情過剩的阿姨和兩隻怪貓跟著，嗯，應該也沒問題。我也差不多該回到自己的人生了——而且剛剛還得到認證，搞不好可以成為好老師。

芹澤從口袋取出壓扁的香菸，叼在嘴裡點火。過去他並不覺得香菸特別美味，但是在此刻，菸味卻將前所未有的某種悠然自得的成就感傳送到他的全身。

◆ ◆ ◆

「上來吧。」環阿姨對我說了這麼一句之後，就沒有再開口，只是繼續騎腳踏車。狹窄的道路兩旁是長得很高的一整片芒草，只有電線桿像是在為我們指引道路般，一路不間斷地延續下去。處處都聽得到暮蟬宛若在包圍我們般鳴叫。九月的太陽不知何時已經落得很低，從左側筆直地照射世界。

在我眼前騎腳踏車的環阿姨的背影，感覺比我記憶中嬌小了些。白色背心因為汗水而貼在肌膚上。從她的脖子不斷流下珠子般的汗水。

「……環阿姨？」

我小聲呼喚她。我感到不可思議，她為什麼會這麼拚命。

「——不用說了。」

環阿姨氣喘吁吁地低聲回話。

「咦？」

「簡單地說，妳就是想要去找妳心愛的人吧？」

「什……什麼？」

「雖然有很多細節我完全不了解，不過簡單地說，妳戀愛了吧？」

「這、才不是、戀、戀愛！」

我聽到完全沒有預期的說法，朝著環阿姨的脖子怒吼。「呵呵。」環阿姨發出愉快的笑聲。這個人果然完全不了解。我連耳朵都在發燙。

「鈴芽，這些貓是……？」

環阿姨以順帶提起的語氣問我。黑貓硬是把自己的身體擠進腳踏車前方的籃子裡坐著，大臣則緊緊夾在黑貓前腳和籃子的縫隙之間。

「啊——」

我現在才想到，這兩隻都已經被看到在說話了。

「呃——好像是某種神明。」

我想起草太說過的話，補充一句「反覆無常的神明」。

「反覆無常的神明？那是什麼？」

環阿姨說完笑出來。「哈哈哈！」她很爽快地大聲笑了一陣子。我心想，的確很好笑，自己也嘻嘻笑了。我感覺好像已經很久沒有笑了。我忽然想到，搞不好就是為了讓我們一起笑，左大臣才會出現在那個場面吧。環阿姨和我搖晃的上半身，在右側的地面上形成濃厚而拉長的影子。

「我得告訴妳，」環阿姨朝著前方突然說。

「我在停車場說的那些話——」

我看著環阿姨。汗溼的短髮隨風搖曳。我首度發現其中摻雜了幾根白髮。

「我的確曾經在心裡想過……不過並不是只有那些。」

「嗯。」我回答。我知道。

「完全不是只有那些。」

我吐出氣息，稍稍笑了。

「……我也要說抱歉，環阿姨。」

我說完把手放在環阿姨汗溼的肩上，把臉頰貼在她的脖子。我聞到環阿姨的味道。

那是像太陽一樣、總是讓我感到安心的味道，是我最喜歡的環阿姨的味道。

「——這是暌違十二年的返鄉吧。」

環阿姨說。我無聲地點頭。在遙遠的前方，開始出現防潮堤灰色的壁面。

故鄉

「媽媽～我回來了！」

在外面盡情玩夠之後，我會一邊大聲呼喚母親，一邊跑上通往家裡的這道短斜坡。暌違十二年，站在同樣的地點，我突然想起這件事。當時母親常常為我準備甜點，像是蕃薯蛋糕、肉桂砂糖口味的炸麵包、灑了黃豆粉的豆腐麻糬等等。家裡的隔間、點心柔和的甜味、還有我呼喚母親的聲音，有很長的時間都被我完全忘記，但是在這個瞬間，這些記憶卻以令我惶恐的鮮明度，從腦袋深處湧起。當時居住的兩層樓屋子，至今仍歷歷在目。在那棟屋子裡——

「媽媽，我回來了。」

我輕聲地說，像是要把這樣的記憶悄悄推回去。

我伸出一隻手推開生鏽的小鐵門，踏入家裡的院子。

這裡是被草埋沒的廢墟。屋子只留下低矮的水泥地基部分，被色彩繽紛的植物埋沒。不只是我家，周遭一帶都是如此。這個區域曾經有好幾棟住宅林立，現在卻已經成為一片廢墟。當時明明存在的小樹林，如今也失去蹤影，放眼望去只剩下荒地。在這裡的一切，都被十二年前的海嘯帶走了。此刻在距離兩百公尺左右的地方，有一道巨大的防潮堤俯瞰著這片荒野。即將下沉的夕陽，將所有景物染成淡紅色。

在我四歲的時候，發生了很大的地震。

那場地震真的很大，撼動了整個日本東半部。

地震發生時，我在幼稚園，媽媽則在醫院上班。我被幼稚園的老師帶到附近的小學避難，結果好像在那裡住了十天左右。因為是很久以前的事了，我幾乎都已經忘記，只依稀記得當時每天都很冷，防災無線電一直響著警笛聲，接下來的幾天吃的都是飯糰、麵包和泡麵的反覆。還有，其他小孩都有爸爸媽媽來接，只有我媽媽一直都沒有來。我從來不會因為自己沒有父親而感到寂寞（我們一開始就是單親家庭），不過只有這時候，打心底羨慕擁有雙親的小孩。我還記得，因為太過寂寞與不安，我在避難所的時候不只是心裡，連全身都一直感到疼痛。

然後有一天，媽媽的妹妹環阿姨突然出現，從九州來領養我。

直到最後，媽媽都沒有回來。

家裡後院的小水井現在也還留下來。

當時這口井蓋上了木蓋，上面放著小孩子沒辦法移動的重石。幼時的我常常從蓋子的縫隙把小石頭丟下去，數到聽見水聲。當時井裡還有水。

現在這口井的開口已經被土埋沒，上面長滿了雜草。

我用生鏽的小鏟子挖掘水井旁邊。環阿姨坐在從雜草探出頭的水泥地基上，默默地望著我的舉動。她一定很在意我在做什麼，但是大概決定不要過問。兩隻貓也靜靜地坐在環阿姨的腳邊。

「鏗！」鏟子前端撞到堅硬的東西。

「……找到了！」

我不禁發出聲音。我用鏟子擴大洞穴外圍，把手伸入土中，拿起我在找的東西。

這是餅乾罐。蓋子中央以稚嫩的大字寫著「鈴芽的寶物」。我拍掉罐子上的泥土，把它放在地基上，打開蓋子。有一瞬間，我感覺好像聞到還很新的榻榻米氣味。這是當年家裡的氣味。

「日記？」

環阿姨從一旁湊過來看並問我。我回答「嗯」。

罐子裡放的是我的圖畫日記。另外還裝了當時流行的雞蛋型小電玩、用珠子做的飾品，以及喜歡的折紙。這些都宛如上星期才埋起來的，完全沒有變舊。塑膠保持光滑的質地，折紙好像剛染色般鮮豔，這些是我當時隨時放在背包裡帶著走的東西。跟環阿姨去九州之前，我獨自來到這個地方，在水井旁邊把它們連罐子一起埋起來。我依稀記得這件事。確認日記的內容，也是我來到這裡的目的之一。

「我不太記得當時的事了——」

我邊翻日記邊說。用蠟筆寫的拙劣字跡和色彩繽紛的圖案，彷彿要從每一頁跳出來般鮮活。三月三日。我跟媽媽一起慶祝女兒節。三月四日。我跟媽媽去卡拉ＯＫ大賽。

三月五日。我跟媽媽坐車去大賣場玩。

「我記得曾經不小心迷路走進門裡。這本日記上應該有寫——」

我繼續翻頁。

三月九日。媽媽幫我剪頭髮。鈴芽變可愛了。

三月十日。今天是媽媽三十四歲的生日。媽媽生日快樂！妳要活到一百歲！

我翻頁。

「啊！」

三月十一日。

紙張被塗成黑色。蠟筆的油彷彿剛塗過般帶著光澤。我想起凍僵的手、握得很緊的黑色蠟筆、塗遍白色紙張時鋪在底下的紙箱粗糙而不舒服的觸感。當時指尖的觸感、內心快要爆發的情感，此刻鮮明地喚回我心中；長時間冰封的記憶有如被解凍而湧出來。我已經無法阻擋它了。

我翻到下一頁。被塗成全黑。

翻到下一頁。全黑。

翻到下一頁。黑色。

我住在避難所時，每天都到處尋找媽媽。直到天黑，我都獨自走在遍地瓦礫的街上。不論到哪裡、不論問誰，都無從得知媽媽的去處。大家只是對我說，對不起，對不起，鈴芽對不起。我每天都想要在日記本上寫下「今天終於見到媽媽了」，但是卻無法如願；因為想要當作沒發生這件事，每晚都把日記本塗成黑色。我很仔細地、拚命地用黑色蠟筆塗，不讓紙張留下白色的部分。

翻到下一頁。黑色。

翻到下一頁。黑色。

黑色，黑色，黑色。

我翻到下一頁。

「啊……！」

我不禁吐出氣息。累積在眼角的淚水撲簌簌地落在日記上。

這一頁畫著色彩鮮豔的圖畫。

畫中有一扇門。門內畫著星空。

在旁邊的頁面上，畫著站在草原上的兩人，一個是幼小的女孩，另一個則是穿著白色連身裙、長髮的大人。兩人都面帶笑容。

「——那不是夢……」

我用指尖輕輕觸摸那兩人。隆起的蠟筆顏料微微沾到指尖，感覺就好像直接接觸到過去。那不是夢，而是真實發生過的事。我從後門誤入常世，在那裡見到了母親。我能夠進入的後門，就在這塊土地上。

「對了，那一天有月亮！月亮掛在那座電波塔上！」

後門的圖案旁邊的風景，畫著月亮和細細的類似塔的東西。我抬起頭環顧四周。

在逐漸天黑的荒野更遠處，我看到了那座電波塔。彷彿在昏暗的風景中豎立一根火柴棒般，那座電波塔至今仍舊筆直地矗立著。

我朝著那裡跑過去。

「等、等一下，鈴芽！」

環阿姨連忙喊。

「怎麼回事？妳要找這扇門嗎？十二年前的瓦礫，早就不見了吧？」

困惑的聲音在我背後越來越遠。

我在逐漸變暗的荒地上，朝著電波塔直線奔跑。一旁的左大臣就像我的影子，跟著我一起跑。在長得很高的雜草當中，偶爾會有水泥地，有短階梯，有放置輪胎和木材等廢棄物的瓦礫。我跑到可以讓電波塔占據整個視野那麼近，然後停下腳步，環顧四周。

「在哪裡……？」

我氣喘吁吁地凝神注視，看到在電波塔的左上方，剛好和那天同樣地掛著黃色的滿月。應該就在這附近。

「鈴芽～」

我忽然聽見稚嫩的聲音，轉頭一看，在稍遠的陰影處，有一隻小貓的剪影。

「大臣……」

我跑過去，大臣卻像是要逃跑般無言地開始奔跑。

「咦……你為什麼要跑？」

我追在後面，穿過留下水泥根基、類似門口的地方。這時大臣停下來，仰望著我。

被藤蔓覆蓋的一塊板子靠著低矮的石牆，橫放在地上。

「這是──」

我跪在草地上，把眼睛湊近板子。這是一扇門。我急忙用雙手拔掉覆蓋在表面的藤蔓。覆蓋在門板上的根部強韌而堅硬，必須使盡力氣否則很難扯斷。尖銳的葉子和莖使我的手掌微微滲血，不過並沒有很痛。我非常專注地扯下藤蔓，然後雙手抱起露出來的門板，把它靠在石牆上直立。

這是每一戶人家都有的那種很普通的木門。門板以鉸鏈裝在ㄈ字形的木框內。表面的貼皮已經剝落，在腰部的高度有生鏽的金屬門把。沒錯，就是這扇門。這扇門就是幼時的我打開過的，我的後門。

「大臣，你該不會——」某個想法突然敲中我的頭。

「你不是在打開後門，而是帶我去有後門的地方嗎？」

瘦削的臉上一雙黃色大眼珠凝視著我。

「從過去到現在，一直都是……？」

我心中自然湧起某種情感，便老實說出口：

「謝謝你，大臣！」

大臣露出驚訝的表情——接著轉眼間，過瘦的身體變得豐盈，垂下的耳朵和尾巴高興地豎起來。

「走吧，鈴芽！」

大臣恢復像大福餅一樣圓圓的小貓模樣，興奮地對我說。

「嗯！」

我握住門把，打開門。我彷彿打開了氣閘艙，一陣強風吹拂在我的身上。打開的門內，是閃閃發光的滿天星空。

「哇啊啊……」

我不禁發出讚嘆的聲音。一再出現在夢中的星空，此刻就在我的眼前。不只能夠看見，風中還帶有懷念的氣味，光線彷彿可以觸摸般具有真實感。我可以進去——我內心產生奇妙的確信。這是為我打開的後門。左大臣不知何時過來的，也和大臣一起並肩站在我旁邊。

「鈴芽！」

這時從後面傳來聲音。我回頭，看到環阿姨正跑向我。我大聲喊：

「環阿姨，我要過去了！」

「什麼？妳要去哪裡？」

「去我的心上人那裡！」

我說完跳入門內，兩隻貓也跟著我。我感覺彷彿被稜鏡環繞般，色彩繽紛的耀眼光線包圍著我。

◆◆◆

根據環阿姨的說法，她看到我的剪影消失在門框內。

應該是看錯什麼了——她心裡這麼想，跑到門前，卻沒有看到任何身影；沒有她外甥女的身影，也沒有貓的身影。那裡是無風而靜謐的草原，只有靠在石牆上的門板彷彿被來自看不見的世界的風吹拂，發出嘎嘎聲在搖晃。

「鈴芽……」

環阿姨以沙啞的聲音喃喃自語。她不知道發生了什麼事，也不敢相信自己看到的現象。她感到腦筋一片混亂。之前她也曾有過不祥的預感，覺得或許不只是去老家這麼單純，但這個狀況卻遠遠超出她的理解範圍。

姊姊——環阿姨看著沒有連結到任何地方的門，在內心祈禱。

如果妳在那裡，拜託，請妳守護鈴芽。

不久之後，門停止搖晃。蟲子彷彿要為秋天做準備般，悄悄地開始鳴叫。

常世

還在燃燒的小鎮

我在星空中墜落。抬起頭，我可以看到剛剛穿過的門。在門內，可以看到小小的滿月掛在電波塔上方。我眨了眨眼，門已經不在那裡，取而代之的是很大的滿月。原來我是穿過月亮，從現世掉入常世——我在彷彿睜眼做夢般奇妙而清晰的意識中這麼想。

在我的兩旁，黑色的左大臣和白色的大臣身上的毛被風吹拂，也同樣地在掉落。眼前是耀眼的銀河，底下黑色的雲層一直籠罩到地平線的另一邊。地表被雲完全蓋住，看不見那裡的情況。接著我的身體掉入雲層中，上方的星星被雲遮蔽，使我一時處於黑暗中。

不久之後，從下方的雲層縫隙開始能夠隱約看到地表。有某樣東西在閃閃發光。一開始，那看起來像是在黑暗的大地上流動的好幾條光之河川。紅色的光像葉脈一般，在地表描繪複雜的花紋。

「——咦？」

葉脈緩緩地在移動。光線格外集中的大地上的一點，似乎正朝著這裡隆起。整片大地宛若大蛇捲成漩渦狀般緩緩迴旋，地面的一部分朝著我抬起彎曲的脖子。

「……是蚯蚓！」

我張大眼睛喊。底下的整片大地，都是一隻巨大的蚯蚓；無數發光的葉脈，是在它體內流動的熔岩。不同於現世宛若濁流的身體，常世的蚯蚓具有明確的實體，名符其實是一隻巨大的蚯蚓。

「它打算從後門出去！」

我抬頭看蚯蚓的頭朝向的前方，不禁大聲喊。蚯蚓正朝著月亮，緩緩地伸長它巨大的身軀。

這時我聽到類似野獸嚎叫的聲音。

是左大臣的叫聲。黑貓朝著升起的蚯蚓，發出「嗷喔喔～」的叫聲。下一個瞬間，左大臣全身產生細微的顫抖，然後突然像爆開一般，身體一口氣膨脹。

「啊！」

我張大眼睛。左大臣變成大概有屋子那麼大的野獸，黑色的毛在一瞬之間轉變為雪白色。他的尾巴和鬍鬚變得很長，就好像長了白色翅膀般，飄揚在黑色的天空。

在墜落中的我面前，升上來的蚯蚓的頭和掉下去的左大臣發生激烈衝撞。左大臣朝著蚯蚓的身體伸長爪子，好像要把它的身體推回去般往地表墜落。四周產生旋風，我的身體就好像被丟進洗衣機般不斷旋轉。大臣緊緊抓住我的肩膀。在胡亂繞圈圈的視野中，我拚命抓住閃過眼前的白色的毛。

「哇啊啊！」

我的身體被急速往下拉，不禁發出尖叫聲。我在強風中設法張開眼睛，看到底下的左大臣巨大的身軀正在推回蚯蚓。我抓住的正是左大臣的鬍鬚。墜落的速度增加，地表不斷接近。蚯蚓長長的身體在地面上纏繞成巨大的漩渦狀，看起來就像蠕動的山丘。山丘的中心有一件物體閃爍著藍光。

「那是——」

在迎面而來的風中，我拚命凝神注視。

「草太！」

那是一張椅子。在蚯蚓火焰般的紅色身體當中，只有椅子的周圍好像被塗漆固定般，形成黑色的山丘。在黑色的中心，椅子綻放著微微脈動的藍光。那是我以前在後門中看到的、持續壓制蚯蚓的草太孤獨的身影。

這時地面傳來巨大的聲響。蚯蚓的頭終於接觸地面。左大臣踩著蚯蚓的頭，連大地一起激烈搖晃。左大臣一搖頭，抓著鬍鬚的我也跟著被甩出去。鬍鬚從我手中溜走了。

「啊！」

我被拋到空中，從頭部落向地面。我再度發出尖叫。這時原本抓著我的肩膀的大臣忽然吸了一口氣。隨著「砰」的爆裂聲，下一個瞬間，我就被柔軟的毛包裹。緊接著，劇烈的衝擊將我的身體往上推，墜落停止了。

「……大臣？」

我抬起身體，看到自己坐在有如熊般巨大的白色動物肚子上。我發覺到是大臣的身體膨脹得如此巨大，保護我避免受到墜落的衝擊。大臣緊閉眼睛的大臉因為疼痛而不停顫抖，他似乎達到極限，膨脹的身體「咻咻咻」地開始收縮。我從貓的身上跳下來，膝蓋跪到地面。那裡是一片爛泥，四周散落著鐵皮和木材等。大臣面朝上倒在瓦礫之間，恢復原本的小貓大小。

「你為了保護我——」

大臣張開眼睛。

「鈴芽，不要緊嗎？」

他說完以平常的俐落動作起身。我鬆了一口氣，重新環顧四周並站起來。

「這裡是什麼……？」

包圍著我的是燃燒的小鎮。有的屋子橫倒在地上，有的屋子完全崩塌，有的屋子則變得傾斜，屋瓦也掉落下來。紅綠燈從歪斜的電線桿垂下來。汽車和卡車倒在一起，像是四處群生的植物。稍遠的地方，有好幾艘漁船被打到岸上，成為黑色的剪影。腳下是含有大量海水和油的黑色爛泥。

這一切都在燃燒，彷彿「那個」在幾個小時前才剛剛發生一般。周遭完全沒有人影。這裡只有隔絕掉人類的那天夜晚的風景。

「這就是常世……？」

我想到草太的爺爺曾說，常世會隨著觀看的人而改變樣貌。原來如此——我得到奇妙的理解。這裡還在燃燒，十二年以來都一樣。那天晚上的小鎮一直存在於我的腳下，在很深的地底，永遠像那天一樣在燃燒。

「啊！」

視野的角落出現藍色的光。

「是草太！」

我跑向那個方向。大臣跳到我的肩上。在燃燒的屋頂之間，我看到那座黑色山丘，以及山丘頂端的光芒，那裡並不是很遠。我踢起爛泥，奔跑在燃燒的火焰之間。背後的地面發出震動的聲響，左大臣也在咆哮。我回頭看到蚯蚓想要再度升上月亮，而左大臣則努力要把它的頭拉回來。左大臣在阻止蚯蚓——我把視線移回山丘，加快奔跑的速度。

這時突然有一根燃燒的柱子倒向我的面前。

我不禁往後跌坐在地面。飄起來的火花掃過我的臉，有一瞬間我被某人家裡的氣味包圍。遲來的熱浪逼得我連忙後退，柱子、餐具櫃、餐桌在我面前燃燒。在我陷入爛泥的手旁邊，掉落著長頸鹿的布偶。火焰發出「轟轟」的聲音，在我眼前暴動。

「呼，呼，呼……」

肺部無法控制地在喘息。我發覺到吸入的空氣摻有奇特的氣味，像腐爛般甜膩、焦臭，並混入海水的腥味。這是之前聞過好幾次的蚯蚓氣味。這股甜甜的氣味，原來就是那天晚上的氣味。

眼前的火焰突然變得模糊。我又開始想哭了，淚水累積在眼睛表面。我為什麼這麼脆弱？我以憤怒作為槓桿站起來。我繞過火焰，繼續奔跑。我跑過發出劈哩啪啦的爆裂聲燃燒的轎車旁邊，跑過客廳窗簾隨風飄揚的某家院子，跑過屋頂放了漁船的樓房旁邊。燃燒的小鎮上方的夜空，有許多狀似水母的奇妙白色物體在飛舞。那些是毛巾、手帕、襯衫及內衣的碎片。無數的布片就好像只存在於這個地方的稀有空中生物，在黑暗的天空中散發朦朧的光芒飛舞。

不久之後，周圍的屋子逐漸減少，瓦礫減少，火焰也減少了。汽車減少，相對地更常看到船隻。我已經離開了小鎮中心地帶，來到郊外。左大臣和蚯蚓的頭已經成為遙遠的風景，取而代之的是已經逼近眼前的黑色山丘。因為太接近山丘，頂端的藍色光芒被斜坡遮住而看不到了。

原本踩下去會發出「咕、咕」聲的腳底爛泥，此時已經結凍成霜狀；接著踩在霜上的「唰、唰」聲逐漸變成踩在薄冰上的「啪哩、啪哩」聲。溫度在下降。身上溼溼的汗水變得冰冷而乾燥，吐出的氣息就像在冬天一樣變成白色。

我跑上山丘的斜坡。灰燼飄落在結凍成黑色的蚯蚓身上。不久之後，斜坡前方開始出現藍色的光。

「草太！」

椅背被來自下方的藍光照射，形成剪影。三隻腳深深插入黑色的蚯蚓體內，綻放著脈動藍光的正是那個部位。看起來好像有某種類似冰冷氣體的東西，從椅子流入蚯蚓的體內。我跑向椅子抱住它，用雙手抓住刻了兩隻眼睛的熟悉椅背。

「草太！草太！草太！」

沒有回應。這只是一張普通的木椅。不過這是為我製作的椅子，而且草太確實在這張椅子的某個深處。

我用雙手抓住椅子座面用力拉，想要把它拉出蚯蚓的身體。椅子像冰塊般冰冷，牢牢地插入蚯蚓的身體。我咬緊牙關，擠出更大的力氣。隨著「叩」的聲音，只有一隻腳被抬起幾公分。耀眼的藍光從椅子與蚯蚓之間的縫隙流洩出來，照亮我的臉頰的這道光芒，也像針刺般冰冷。

「鈴芽。」坐在我左肩上的大臣瞇著眼睛看著那道光，對我說：

「如果把要石拔出來，蚯蚓會跑到外面。」

「那就讓我來當要石吧！」

我來不及思考就脫口而出。

「所以拜託，醒醒吧，草太——」

我邊喊邊用全身的力量拔出椅子。冷氣從椅子傳遞到我的手上，成為霜沿著我的肌膚上升。我的雙臂被白色的霜覆蓋。

這時大臣突然從我的手臂上跑下去。

「咦？」

大臣張大嘴巴，咬住椅子的腳。

「你……」

大臣在幫我。他咬住的椅腳稍微抬起來。從縫隙傾洩出冰冷的藍光，大臣的身體也被霜覆蓋。我吐氣、吸氣，然後再度增加力道。椅子又抬起一點點。藍光變得更刺眼，我們承受的冷空氣也更強勁。從遠處仍舊傳來左大臣的咆哮聲。暴動的蚯蚓衝撞地面的聲音，從剛剛就持續搖晃著地面。我邊拉椅子邊拚命喊：

「草太，我都已經來到這種地方了！」

霜越過我的肩膀，爬升到我的臉上。就連睫毛也結了細細的冰。

「回答我，草太，草太，草太——！」

我的身體從剛剛就失去知覺。睫毛結凍，眼瞼也無法打開，但是我仍舊不放鬆力量。只有想要拔出草太的心情，才能讓我的體內保持熱度。「叩！」椅子再度被拔出一點點。冷空氣的光芒使我凍得更厲害。即便如此，我仍舊——

請問一下。

這時我聽見草太的聲音。從哪裡？不是椅子發出來的。不是從耳朵聽見的聲音。

這附近有沒有廢墟？

這個聲音——是從我的身體內側傳來的。

ㄈㄟˋㄒㄩ？

我聽見自己的聲音。結凍的眼瞼內側，映著詫異地看著這裡的我的臉孔。我騎在腳踏車上，後方是清晨藍色的海。這是——四天之前，我們第一次見面時的草太的記憶。

妳不怕死嗎？

草太說完，抬起頭看著我。這是我們踏上旅途的第二天，在廢棄的學校關閉後門的時候。

不怕！

我在椅子的上方推著鋁門，臉上沾滿泥巴大喊。

你說我們是不是很厲害？

結束關門之後，我露出得意的表情。

嗯，沒錯，一定是很重要的事情！

我穿著浴衣的背影，在民宿房間裡對千果這麼說。

草太，你也一起來吧！

我硬是坐在草太上面，露出惡作劇的笑容。

草太，你還真受歡迎。

這時的我絲毫無法隱藏嫉妒與鬧彆扭的表情。

草太，等等！

邊說邊跳下橋的我，為了不想被獨自留下來而拚命。

唉——這一來——

草太悲傷地低語。我用快要哭出來的表情低頭看著他。

終於要結束了——在這種地方——

在東京上空的蚯蚓身上，逐漸成為要石的草太這麼說。視野逐漸被冰覆蓋。

可是我——能夠見到妳——

我的臉在哭泣，像傻瓜一樣止不住地掉眼淚。

明明見到了妳……！

在我哭泣的臉之後，草太的視野就變得黑暗。

「草太！」

我忍不住喊。不過這個聲音當然沒有傳遞給草太。我聽見的是過去的——即將成為要石的時候——草太內心的話。在黑暗籠罩中，草太在即將失去的意識裡拚命吶喊。他用已經無法傳遞到現世的聲音在喊。

我不想消失。

我想要繼續活下去。

我想要活著。

我害怕死亡。

我想活著。

我想活著。

我想活著。

繼續活著——

「我也一樣！」

我朝著抓在手中的椅子喊。

「我也想要繼續活著！我想要聽到聲音。我害怕自己一個人，害怕死亡——草太！」

所以拜託，醒醒吧。我移動冰凍的身體，眼瞼雖然被冰封住，但還是把臉湊近椅背。我憐惜地回溯在眼瞼內側瞥見的草太的記憶。原來你一直在看我，看著我的身影，聽著我的聲音。積在眼瞼內側的淚水像燃燒般灼熱。草太——我用只有他聽得見的聲音低聲呼喚。

我很害怕沒有你的世界。

所以醒醒吧，張開眼睛。

我強烈地祈禱，把嘴唇貼在冰冷的椅子上。

◆ ◆ ◆

當時草太所在的地方，是在比常世更深處的地獄邊境的岸邊。

他以坐在椅子上的姿態，全身覆蓋著厚厚的冰。這裡已經沒有聲音、顏色與溫度。他被完全的靜寂籠罩著，只剩下不知為何感覺甜蜜的麻木無感。

……

在明明什麼都沒有的地方，突然產生了某樣東西。那是熱度。那裡是眼瞼內側。那是淚水的熱度。

……

那是聲音。這回輪到耳朵開始產生熱度。來自遠處的某個人的聲音，為他的耳朵賦予意義。

……

那是嘴唇。某人隱約的體溫，正在替他的嘴唇恢復色彩。就好像有人將他與世界之間被切斷的線，一根根重新連接起來。

他緩緩張開眼睛。

眼前矗立著一扇老舊的門。

啊——從嘴唇吐出的氣息也是熱的。

門喀嚓一聲打開了。他因為刺眼的光線而瞇起眼睛。那裡有一個人，正在朝自己伸出手，正在進入他的世界。他也試著伸出手。冰層裂開，雙方的指尖接觸，握住彼此的手。熱度流入他的體內。那隻纖細的手強有力地拉引他。熱淚從他的眼瞼湧出。冰塊融化了，粉碎了。

他的身體終於離開椅子。他穿過那扇門。

◆ ◆ ◆

藍色的光芒爆發，椅子拔出來了。

我拿著椅子被往後彈開，滾落山丘的斜面。在滾動的視野中，我也瞥見咬著椅腳的大臣身影。我束手無策地滾落，感覺到使身體冰凍的冷空氣消散了。接著我的背部受到強烈衝擊，意識頓時變得朦朧。

然而意識只消失一瞬間。

我感受到身體停住了，立刻張開眼睛。

他在我眼前。

草太閉著眼睛躺在地上。這是人類模樣的草太。低垂的長睫毛在他瘦削的臉頰上投射淡淡的影子。在左眼下方最完美的位置，有一顆小小的痣。白色光滑的肌膚帶有溫暖的血色。他緩緩地在呼吸。我以眺望日出的心情，感受到我們的體溫逐漸恢復。他微微張開眼睛看我。

「……鈴芽？」

「草太──」

草太緩緩地抬起上半身。我也起身。

「我……」

他以大夢初醒的表情看著我。我對他微笑。

這時我發覺到躺在草太身後的一團白色的毛。

「大臣？」

我連忙跑過去。白色的小貓無力地倒在泥巴中。我用雙手撈起他小小的身體，這副身體仍舊像冰塊一般冰冷。

「怎麼了？你不要緊嗎？」

大臣微微顫抖，眼睛打開一條縫。「鈴芽。」他發出沙啞的聲音。

「大臣──沒辦法當鈴芽的小孩。」

「什麼？」

你要不要當我們家的小孩？──我忽然想起自己無意間說的話。大臣當時回答「嗯」。大臣的眼睛在張開一次之後，又逐漸闔上。原本很輕的小貓身體變得像石頭般沉重，並且更加冰冷。

「……大臣？」

「鈴芽，用妳的手來恢復原狀吧。」

「啊！」

在我手中的是石像。那是我在九州拔出來的、形狀像短楞杖的石像。大臣恢復為冰冷的要石。我忽然熱淚盈框，努力壓抑嗚咽聲。這明明是我在這趟旅途中一直期待的事──但是我卻在哭。

這時我聽到周圍迴盪著痛苦的野獸咆哮聲。聲音是從上方傳來的。我抬起頭，看到左大臣被蚯蚓纏繞、舉到空中的身影。

「那是──第二個要石？」

草太大聲詢問，驚訝地看著我。

「是妳帶來的？」

這回從背後傳來大地震動的聲音。我回頭，看到原本的黑色山丘緩緩地開始移動。

「蚯蚓的尾巴得到自由——它的全身都會從後門出去！」

草太大喊。這時我才想到，對了，蚯蚓現在已經沒有被插入要石了。我不禁把雙手中的石像緊緊抱在胸前。

上空再度傳來左大臣的咆哮聲。他張大嘴巴，咬住綻放紅黑色光芒的蚯蚓身體。蚯蚓的身體在上空噴發出不知是血還是熔岩的東西。蚯蚓激烈地掙扎，地面上的黑色山丘也像波浪般開始解開。腳底劇烈搖晃，讓我幾乎無法站立。

「啊啊啊！」

我忍不住發出尖叫。蚯蚓黑色的尾巴轉眼間就恢復為紅色，掃過地表上的瓦礫。車子、屋子、電線桿宛若樹葉般飄到空中，接著散落到我們頭上。我反射性地抱住頭，蹲在泥土中。

「——嗯？」

有一雙大手把我的身體抬起來。是草太。他用雙臂抱著我奔跑。巨大的瓦礫落在奔跑的他身後、兩旁和眼前。他在掉落下來的物體之間奔跑。泥土和瓦礫碎片目不暇給地劃過我們面前。我有一瞬間為他的英姿而陶醉。草太原本的姿態、這副身體的確實性與力量，使我產生暈眩般的感動。然而此時有一塊水泥塊掉落在我們眼前，使草太失去平衡，差點要跌倒。我自己跳下他的手臂，落地時一手貼在泥地上，然後起身開始奔跑。

「鈴芽！」草太並肩奔跑，擔心地呼喚我。

「不要緊！」我對他喊。沒錯，我們是戰友，兩人在一起就天下無敵。即使是在世界的反面，我們也能夠戰鬥。

我們在燃燒的瓦礫中踩著爛泥奔跑。我一邊跑一邊問草太：

「接下來要怎麼辦？」

「聽聲音，讓自己被聽見。」

「什麼意思？」

「跟我來！」

草太說完，跑向在這一帶特別高的瓦礫堆。他爬上疊在一起的車子，跑在倒下的住商混合大樓牆壁上，爬上翻覆後被海浪打上來的漁船船底。我拚命跟隨他的背影。草太從漁船上把手伸向我。我一手拿著要石，另一手抓住他的手，設法爬到船上。我氣喘吁吁地站在他旁邊。從這座瓦礫堆的頂端，可以一眼看盡燃燒的小鎮。

「誠惶誠恐呼喚日不見神！」

草太大聲喊。他注視著燃燒的小鎮，在更遠處是蚯蚓和左大臣在纏鬥。草太深沉宏亮的聲音響徹常世的大氣。

「先祖之產土神。領受已久之山河，誠惶誠恐，謹此——」

草太張開雙臂，彷彿要抱住整座小鎮。在他閉上眼睛的臉上，冒出好幾顆汗珠。

「——奉還！」

他邊喊邊拍響雙手。下一個瞬間——眼前的景象令我瞠目結舌。

燃燒的夜晚小鎮好似隔著一層薄窗簾在搖曳。瓦礫的黑色與火焰的紅色融合在一起之後變淡，取而代之的是緩緩浮現的新鮮色彩。

那是在朝陽照射下，這座小鎮原本的景象。各種顏色的屋頂反射著陽光，路上有好幾台車在行駛，紅綠燈閃著紅燈或綠燈。在更遠處的藍色海平線上，漂浮著反射陽光的白色漁船。空氣非常清新，充滿了春天即將來臨的預兆，並豐富地混入了生活的氣息：有味噌湯的氣味、煎魚的氣味、洗衣服的氣味、燈油的氣味。這是早春清晨鎮上的氣味。

不久之後，我聽見風捎來微弱的聲音。有稚嫩的聲音、老邁的聲音、可靠的聲音、溫柔的聲音。各式各樣的人聲重疊在一起，傳入我的耳中。

早安。

早安。

開動了！

我出門了。

我吃飽了。

再見。

快點回來唷！

路上小心。

我要走了！

我出門了。

再見。

我出門了。

我出門了。

我出門了！

這是許許多多的人早上的聲音。是那天早上的聲音。

「——我明白生命短暫。」

草太宏亮的聲音在上方響起，讓我恢復清醒。眼前的小鎮回到原本燃燒的夜晚景象。草太閉上眼睛，雙手合十，有如祈禱般大喊：

「我知道生死只有一線之隔。但我們仍舊會祈禱，希望能夠再多活一年、一天、甚至一小時也好！」

常世夾帶火花的熱風，吹拂著他的黑髮與白色長襯衫。

「猛烈的大神啊！我在此懇切——」

草太張開眼睛，用更響亮的聲音喊。在他的雙眼注視的遠方，左大臣正在蚯蚓的頭上。那隻巨大的白色野獸也停下動作，靜靜地注視草太。

「——乞求您！」

左大臣像是在回應般，發出「嗚哦哦哦」的吼聲。他從蚯蚓的身體跳下來，筆直地跑向我們所在的地方。他每踢一次地面，就能跳過好幾棟屋子、渡過燃燒的河川、跨越操場，不斷朝我們逼近。就如吹過夜晚小鎮的一陣風，白色野獸的身體逼近到我們面前。我忍不住往後退，但草太的大手輕輕握住我的手。

「放鬆身體。」

左大臣張大嘴巴。燃燒般的紅色舌頭、銳利的成排牙齒就在我眼前。要被吞進去了

——就在我不禁閉上眼睛的下一個瞬間……

「——咦？」

我在空中墜落。

風在雙耳中發出「轟轟」的聲音，裙子不斷翻動，地平線毫無秩序地在旋轉。我瞥見被風吹走的髮圈。我的馬尾解開，頭髮在風中狂暴地飄揚。我的雙手仍舊拿著要石，從常世的天空墜落。

「……啊！」

我看到在遠處的空中，草太同樣地在墜落，他的手中也拿著要石。我瞬間理解到，那是左大臣恢復為要石的模樣。左大臣在草太手中，大臣在我手中。草太用雙手把要石舉到頭上。在他墜落的底下，蚯蚓的頭好似舉在空中的鐮刀般。我也俯視下方。在我墜落的底下，蚯蚓的尾巴也升向天空。

這時我理解到一切。

我和草太同樣地舉起要石。蚯蚓的尾巴逼近我。它的身體就好像裸露的無數血管糾

纏在一起，一根根管子當中，有紅色的小河流閃閃發光在流動。我舉起的要石也開始散發靜脈般的藍光。紅色與藍色的光線彷彿彼此追求般，朝著對方延伸。這幅景象很美，感覺就好像在煙火當中墜落。我把一切都投注在墜落的氣勢與身體重量上，用盡最大的聲音喊：

「謹此奉還！」

然後把要石揮落在蚯蚓身上。

在此同時，構成蚯蚓的所有血管都在沸騰，形成泡沫，然後破滅。

◆◆◆

兩根藍色的光之長槍，同時貫穿蚯蚓的頭部與尾部。

下一個瞬間，蚯蚓巨大的身軀爆裂開來，形成光之雨點，劇烈地降在地表。在此同時，覆蓋天空的沉重烏雲也被吹散，耀眼的星空照亮地面。富含地氣的彩虹雨閃閃發光，安撫化作瓦礫的小鎮並平息火焰。宛若天空之橋般留在空中的蚯蚓殘渣，也緩緩地掉落到地面。那是泥土。充分淋到雨水與泥土的地表，轉眼間就長出花草。綠色植物淹沒瓦礫，就好像要抱住整座小鎮。最後出現的是——被茂密的草叢覆蓋、受到耀眼的星空照射的靜謐廢墟。

所有的時間

「鈴芽——」

溫柔的聲音在呼喚我的名字。冰涼的指尖輕撫我的臉頰。我張開眼睛，看見草太擔心地俯視著我。

「草太……」

我從草地上抬起上半身。草太脫下白色的長襯衫，輕輕披在我的肩上。過了片刻，我才發現自己的制服變得破破爛爛，到處都是破洞。

「我們……」

「我們跟變回泥土的蚯蚓一起掉落到地面。妳沒有受傷嗎？」

我身上沒有疼痛的地方，身體也可以動。我邊回答「嗯」，邊緩緩站起來。

那張黃色椅子掉在保特瓶與空瓶、木材與塑膠玩具之間。我蹲在草地上，拿起熟悉的那張椅子。沒錯，這就是媽媽為我做的兒童椅，椅背上刻了眼睛。我把它轉過來，果然缺了一隻腳。不過我感到有些不一樣。我想了一下，發現到這張椅子是新的。座面上的傷痕以及鮮豔的黃色油漆，看起來都遠比我記憶中的椅子還要新。剛做好沒多久的新椅子上，也有剛受傷造成的痕跡。

「我那天就是在這裡——」

我自顧自地說出腦中浮現的話。

「撿到被海嘯沖走的這張椅子……」

我重新望向撿到椅子的地點。雜草中有各式各樣的雜貨排成一列，就好像來自遙遠國度、被打上岸的垃圾。這些全都像是某人寄給某人的遠距離信件。

「——鈴芽！」

草太在稍遠的地方發出驚訝的聲音。

「有人！」

「咦？」

我追蹤他的視線，看到在遠方山丘的稜線上，掛著拂曉時分泛白的滿月。有一個小小的人影朝著那個方向慢慢走過去。

「小孩……？」

草太說。

「我——」我內心湧起驚訝與困惑，無法按捺地說：

「我得過去那裡！」

我拿著椅子跑過去。

「鈴芽？」

「抱歉，你等一下！」

草太什麼都沒有問，留在原地以守護的眼神目送我離開。

＊　＊　＊

天上的星星燦爛地閃爍著，彷彿因為某個人的失誤，把光量調到十倍亮度，使得星空莫名其妙地閃亮刺眼。在滿天的星星、白雲和夕陽全都攪和在一起的天空底下，我朝著遠處的小孩子剪影繼續走。我不斷踩在草地上，拚命忍住淚水。

我心想，原來如此。

我終於明白了。

我不想知道，但其實我一直都想知道。

我一直以為那是媽媽。我內心某個角落相信，有一天還能夠再見到她。在此同時，我其實也一直都知道，我再也見不到她了。草原上的風很冷，吐出的氣息是白色的。草太給我穿的長襯衫對我來說太大了，因此我用制服的紅色緞帶綁住腰部的位置。這樣穿的話，看起來就像白色的連身裙。我的雙腳穿的是從東京穿來的草太的黑色大靴子。馬尾鬆開的頭髮是長達肩膀下方的直髮。我的頭髮已經留到跟當年的媽媽一樣的長度。

在我的視線前方，有一個蹲在雜草中的小小背影。我把椅子輕輕放在草地上，接近穿著沾滿泥巴的羽絨衣的背影，用悄悄話的聲音呼喚她。

「鈴芽。」

走累、找累而陷入絕望的女孩緩緩地回頭看我。這是四歲的我。我當時為了尋找母親，偶然穿越後門，誤入常世。驚訝地看著我的那雙眼睛當中，搖曳著總算找到漫長惡夢的出口時的期待與不安。我不知道該擺出什麼樣的表情，但我希望能夠至少減輕一點她的悲傷，因此拚命地在嘴角擠出笑容。

「……媽媽？」

鈴芽問我。我感到猶豫。我痛切地了解鈴芽想要得到的答案。但是——

「不是。」

我搖頭回答。鈴芽眼中再度泛起淚水，但我也無可奈何。不過她沒有哭。

「妳知道鈴芽的媽媽去哪裡了嗎？」

她很有規矩地把凍僵的小手握在肚子前方，盡可能端正姿勢，以堅強的口吻說。

「媽媽找不到鈴芽，一定也很擔心，所以鈴芽要早點到媽媽那裡！」

「鈴芽——」

「鈴芽的媽媽在醫院工作。她很會做菜跟做木工，每次都會做鈴芽喜歡的東西——」

「鈴芽，妳聽我說——」

「鈴芽的家……！」

不行，鈴芽眼中已經撲簌簌地掉下淚水。幼小的鈴芽吸著鼻涕，拚命地繼續說：

「家不見了……所以媽媽只是不知道鈴芽在哪裡──」

「別說了！」

我已經聽不下去了。我跪在草地上，用雙手緊緊抱住鈴芽。

「我其實已經知道了……」

我對「我們」說。

「為什麼？媽媽還在！媽媽在找鈴芽！」

「鈴芽！」

鈴芽扭轉身體，把我推開跑出去。她像是逃跑般遠離我，邊跑邊朝著星空喊：

「媽媽，妳在哪裡？媽媽──！」

「啊！」

我不禁伸出手。鈴芽往前摔了一大跤，不過她立刻從草地上抬起上半身。

「媽媽──！」

她以責難母親、我、還有全世界的激烈情緒大哭。她像嘔吐般痛苦、好似從整個身體絞出力氣般不停地哭。在她激烈顫抖的身體後方，常世紅色的夕陽即將沉沒。像鮮血般濃郁而沉重的黃昏景象，彷彿呈現著她的絕望。這幅景象忽然變得扭曲模糊。我也在哭。

「媽媽……」

我一說出口，淚水就止不住了。在我眼前一直哭的鈴芽的痛苦，其實就是我的痛苦。兩者是完全相同的。她的絕望與寂寞、彷彿要窒息般的悲哀與燃燒的怒火，全部都維持原有的強度，至今仍留在我的心中。我也像要嘔吐般哭出來。我們坐在草地上一直哭。

但是……

聽到快要壞掉般的鈴芽的哭聲，我心想，這樣不行。我必須停止哭泣。鈴芽跟我是不一樣的。我現在雖然依舊脆弱，但是至少在那之後又活了十二年。鈴芽只有自己一個人，但我已經不是了。我如果不做些什麼，鈴芽就會真的獨自一人留在這個世界，沒有辦法活下去。

我抬起頭，眼角瞥到黃色的東西。我用手背壓住並擦拭雙眼的淚水，然後拿起那張兒童椅，跑到鈴芽那裡。

「鈴芽——」

我來到哭泣的女孩旁邊，把椅子放下並蹲下來。

「妳看，鈴芽！」

「咦……？」

鈴芽的眼中仍流著淚水，但露出驚訝的表情。

「鈴芽的椅子……咦？怎麼會？」

她邊說邊詫異地抬頭看我。

「……該怎麼說呢？」

我擠出笑臉，尋找適當的說法。太陽已經沒入雲中，周圍籠罩在透明的深藍色裡。

「鈴芽，我跟妳說，不管現在有多麼悲傷——」

我只能說出事實，非常單純的事實。

「鈴芽今後還是會順利長大。」

強風吹拂，把我們的淚水從臉頰吹到空中。天空更加黑暗，星星增加亮度。

「所以別擔心，未來一點都不可怕！」

鈴芽的眼中映著星星。我祈禱著我的話能夠直接傳遞到那裡，用更堅定的聲音，在嘴唇上裝出笑容，對她說：

「鈴芽，妳今後也會喜歡上別人，也會遇到許多很喜歡妳的人。雖然妳現在可能覺得一片黑暗，可是早晨總是會來臨。」

星空以可見的速度旋轉，就好像時間被加速。

「早晨來臨，接著夜晚也會來臨，反覆好幾次之後，妳就會在光明當中長大成人。一定會這樣。這是已經預先決定好的，沒有人能夠阻礙妳。今後不論發生什麼事，都沒有人能夠阻礙鈴芽。」

好幾道流星劃過天際，不久之後草原另一邊的天空開始染成粉紅色。是早晨。我注視著朝陽照射下的鈴芽，又重複一次：

「妳會在光明當中長大成人。」

我說完拿起椅子站起來。鈴芽抬起頭看我，詫異地問：

「姊姊是誰？」

「我是——」

溫暖的風吹來。地上的花草被風吹起，像是在跳舞般飛舞在我們周圍。我蹲下來，把黃色椅子遞給鈴芽，告訴她：

「我是鈴芽的明天。」

鈴芽小小的手牢牢地抓住椅子。

◆ ◆ ◆

幼小的女孩前方有一扇門。

她一手抱著椅子，另一隻手握住門把，打開門。

門的另一邊是灰色的世界。此刻還是黎明之前，天色幽暗，飄著粉雪。剛產生的瓦礫處處形成黑色的陰影。充滿悲傷、尚未得到療癒的三月土地，出現在門的另一邊。

在穿過門之前，女孩再一次回頭。

遠處的山丘上，有兩名大人的剪影。其中一人是長得很高的男人，另一人是連身裙隨風搖曳的女人。女孩直視他們。在起風的草原上，被銀河照亮的那兩人的身影美如一幅圖畫。這幅景象永遠烙印在四歲女孩的眼中。

女孩再度轉向前方，以確實的腳步通過門。她珍惜地抱著黃色椅子，回到灰色的世界。然後以幼小的手，確實地關上這扇門。

「——我一直忘記了。」

◆◆◆

關上靠在石牆上的門之後，我握著門把，喃喃地說。

「重要的東西——我其實在很久以前，就全部得到了。」

站在旁邊的草太面帶溫和的微笑點頭。天空的顏色是即將破曉的淺藍色。現世的天空比常世更淡、更溫和，而且在這裡到處都充滿了生命力。周遭傳來清晨的鳥忙碌的叫聲，遠處的道路上，準備要去工作的小卡車緩緩地移動。從防潮堤的另一邊，可以隱約聽到打上岸又退回去的海浪聲。

我從門把鬆開手，握住掛在脖子上的關門師的鑰匙。我把鑰匙插入浮現在門板表面的發光鎖孔，然後深深吸入早晨的空氣。這是混合著草木、大海和人類生活的小鎮早晨的氣味。這是我要生活的世界的氣味。

「我走了。」

我說完，把我的後門鎖上。

第六天與後日談

那一天想說的話

我的旅途故事到此結束了。

不論是不想忘記的感情、或是想要記住的事件，應該都已經全部說完了。接下來是短短的後日談。不過大概稱不上尾聲。要稱作尾聲，我的日子還太過忙亂而無法告一段落。

關門之後——

我和草太一起回到老家所在的地方，看到意想不到的人在那裡等我們。是芹澤。他和環阿姨並肩坐在草地上，靠在水泥地基睡著了。草太看到他時，臉上的表情頗為可觀。他以混合了驚訝、困擾與親暱的複雜表情感到困惑。

「他說他是來收回你欠他的兩萬圓。」
我告訴草太，他便以驚訝的聲音說：
「啊？我沒有欠他——是我借給芹澤的。」
我心想，也許芹澤還是不適合當老師吧。不久之後，兩人都醒來了，四人互相表達了驚訝、感動、誤解與辯解之後，大家就坐進芹澤的車。
紅色敞篷車前方有很大的凹陷，每次換檔就會搖晃得比先前更厲害。脫落的車門用牛皮膠帶貼在車身上。當時在我們離開之後，芹澤叫了道路救援，請他們從堤防把車拉上去。載了我們四人的車在俯瞰大海的道路上行駛了一陣子，停在位於山腰的在來線(註15)車站。環阿姨和芹澤留在車上，我和草太則穿過無人車站的驗票口。
「你跟我們一起回去就好了……」
我們在月台上等列車時，我對站在旁邊的草太說。

註15：在來線指非新幹線的舊鐵道路線。

「鎮守土地的是人心的重量。重量消失、導致後門打開的地方，一定還有很多。」

草太眺望著遠方的天空這麼說。列車的汽笛聲和車輪的聲音接近我們。

「我會邊關門邊回東京。」

他用做出結論的口吻這麼說。我或許在期待草太對我說「跟我一起去吧」，不過我也知道，他應該不會說出這種話。我有我必須回去的世界，他則有他必須完成的工作。單節車廂編制的短列車以可恨的速度滑行到我們面前，打開車門。草太無言地上了列車。

「呃，草太！」

他回頭。發車的鈴聲響起。

「那個……」

我變得支支吾吾。這時他突然下車，在月台上抱住我。

「鈴芽──謝謝妳救了我。」

他的聲音在我耳邊這麼說。他用很大的力氣緊緊抱住我。我感到鼻子酸酸的，才剛覺得自己很蠢，就掉下眼淚。

「我一定會去見妳。」

他以強而有力的聲音說完，便輕盈地離開我的身體。鈴聲結束，車門關上，附近的鳥發出尖銳的叫聲。我目送載著草太的列車漸行漸遠。草太給我的長襯衫反射朝陽，在我的身上綻放耀眼的光。

接下來，我們三人又花了半天時間，搭乘芹澤的敞篷車回到東京。我原本已經受夠了要搭那台車回去（只要搭過車頂關不起來的車子、連續吹風好幾個小時，一定會明白我的心情），不過要是在這種時候丟下芹澤，只有我們搭乘舒適的新幹線，實在是太過意不去了。果不其然，在回程的路上又下了雨，還被警車叫住，又遇上引擎問題，不過我們幾乎以自暴自棄的心情享受旅程。我們在休息站買了各式各樣的點心在車上吃。環阿姨把霜淇淋送到握著方向盤的芹澤嘴裡。芹澤接二連三播放流行歌曲，不論是知道或不知道的曲子，三人都會大聲跟著唱。周圍車上的人以奇異的眼光看我們，不過我們已經不在乎了。傍晚接近東京車站時，三人都已經累癱了。我們在東海道新幹線的驗票閘門前緊緊握手道別。

接著我和環阿姨又花了兩天才回到宮崎。我們在神戶投宿琉美的小酒館，在愛媛投宿千果的民宿。在她們各自的家中，環阿姨都送上在東京車站大量購買的伴手禮，一再鞠躬說「很抱歉讓女兒造成各位很大的困擾」。我們在小酒館幫忙接待客人，在民宿幫忙做家事。環阿姨在小酒館異常受到不分男女的客人歡迎，讓我對阿姨這項隱藏才能感到驚訝。琉美、美紀、環阿姨和我四人熱情合唱卡拉ＯＫ（這幾天當中，我對昭和老歌變得熟悉許多），我也和千果睡在同一間房間，兩人一直聊到窗外天亮為止。

接著我們到和來時一樣的港口，搭乘渡輪回到宮崎。阿稔到宮崎的港口迎接我們。環阿姨雖然露出不耐煩的表情，不過看起來似乎也有些高興。不論是搭乘汽車、電車或渡輪，旅行中用手機檢視的日本地圖，到現在已經成為對我來說很特別的東西。

在那之後又過了幾個月。

我每天上學，比以前更認真學習，準備參加明年的入學考。我和環阿姨吵架的次數增加了，不過這樣的吵架也有點像是痛快的思考交流過程，而她做的便當依舊過度講究。上學途中看到的大海的藍色，每一天都變得更加鮮豔。在我的眼中，隨著冬天更加寒冷，海的藍色、雲的灰色，還有柏油路的黑色，似乎都更加閃耀。世界就像在光明當中，朝著某一點持續變化。

那是在萬里無雲的晴空籠罩的二月早晨，感覺就好像世界開始的第一天。迎面而來的風仍舊很冰冷，透明而潔淨的陽光照亮小鎮上每一個角落。我在制服上面纏繞好幾圈厚圍巾，騎著腳踏車，順著沿海的斜坡往下騎。制服的裙子彷彿在深呼吸般，被風吹得鼓起來。

我看到有個人迎面而來，走在斜坡上。

那個人的長襯衫被風吹拂，以確實的腳步接近我。我一眼就看出是他。我忽然想到，接下來我要對他說的話，就是「那一天」大家無法說的話。他停下腳步，我停下腳踏車。我深深吸入大海的氣味，然後說：

「你回來了。」

後記

本書《鈴芽之旅》是由我導演、預定在二〇二二年上映的動畫電影《鈴芽之旅》的小說版。在製作電影的同一時間寫小說的經驗，是繼《你的名字。》、《天氣之子》的第三次。每次開始寫作之前，心情都會有些沉重（我不認為自己能做那麼多工作），不過一旦開始寫，就會越寫越快樂，寫完時就會覺得這絕對是必要的工作。這次也是如此。我現在覺得，即使電影版不存在，追尋女主角鈴芽內心的過程，對我來說也是必要的工作。

以下會稍微提及故事的主要部分。

如果想要在沒有先入為主觀念的情況下讀小說或看電影，請先閱讀正文（或看電影）。

在我三十八歲的時候，發生了東日本大地震。我自己並沒有直接受災，不過這起災難在我四十多歲的歲月中，一直都像是樂曲中的持續低音。在製作動畫、寫小說、養育小孩的同時，我腦中一直揮之不去當時的感受。為什麼？為什麼是那個人受災，不是我？這樣就結束了嗎？可以繼續逃避成功嗎？自己是不是裝作不知道？該怎麼做？當時該做什麼？——毫無止盡地想這些問題，曾幾何時就成了和製作動畫片同樣的工作。在那之後，雖然也目睹過好幾次幾乎改變世界的瞬間，但是在自己心底一直播放的聲音，似乎固定在二〇一一年了。

我現在也聽著這個聲音，寫出這個故事。今後我大概也會一直想著同樣的問題，想著這次一定要把故事說得更好、下次一定要讓觀眾讀者更喜歡，持續製作沒什麼太大改善（雖然我很努力要改善）的故事。

這次的電影與小說，也希望各位能夠喜歡。

二〇二二年六月　新海誠

〈２億４千万の瞳〉
作詞：売野雅勇　作曲：井上大輔

〈俺ら東京さ行ぐだ〉
作詞・作曲：吉幾三

〈男と女のラブゲーム〉
作詞：魚住勉　作曲：馬飼野康二

〈ルージュの伝言〉
作詞・作曲：荒井由実

〈夢の中へ〉
作詞・作曲：井上陽水

〈けんかをやめて〉
作詞・作曲：竹内まりや

國家圖書館出版品預行編目資料

鈴芽之旅 / 新海誠著 ; 黃涓芳譯 . -- 一版 . -- 臺北市 : 臺灣角川股份有限公司 , 2023.01
面 ; 公分

譯自 : 小説 すずめの戸締まり
ISBN 978-626-352-277-0 (平裝)

861.57 111020768

輕文學
Light Literature

鈴芽之旅

原著名＊小說 すずめの戸締まり

作　　者＊新海誠
譯　　者＊黃涓芳

2023年1月18日 初版第1刷發行
2024年7月18日 初版第6刷發行

發 行 人＊台灣角川股份有限公司
總　　監＊呂慧君
總 編 輯＊蔡佩芬
主　　編＊李維莉
設計主編＊許景舜
印　　務＊李明修（主任）、張加恩（主任）、張凱棋、潘尚琪

台灣角川

發 行 所＊台灣角川股份有限公司
地　　址＊104台北市中山區松江路223號3樓
電　　話＊（02）2515-3000
傳　　真＊（02）2515-0033
網　　址＊http://www.kadokawa.com.tw
劃撥帳戶＊台灣角川股份有限公司
劃撥帳號＊19487412
法律顧問＊有澤法律事務所
製　　版＊尚騰印刷事業有限公司
I S B N＊978-626-352-277-0